旦那様と甘やかし子守り浪漫譚

小中大豆

幻冬舎ルチル文庫

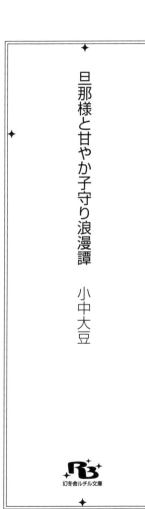

CONTENTS ✦目次✦

✦旦那様と甘やか子守り浪漫譚

✦イラスト・六芦かえで

✦カバーデザイン＝久保宏夏（omochi design）

✦ブックデザイン＝まるか工房

旦那様と甘やか子守り浪漫譚

その日の帝都は、雲一つなくからりと晴れて、遠くまで青空が広がっていた。

汽車の停車場を降りて、清水龍郎《しみずたつろう》は目の前の広場の賑《にぎ》やかさに、しばし呆然《ぼうぜん》と立ち尽くしてしまった。

停車場の脇には人力車がずらりと並び、客待ちの車夫たちがめいめいに煙管《キセル》をふかしている。かと思えば自動車と馬車が交互に行き交い、その横を大八車《だいはちぐるま》が勢いよく通る。電信柱が立ち並び、空には縦横に電線が交錯していた。

「にいちゃん……」

心細そうな声と共に手を強く握られて、龍郎はハッと我に返る。

隣を見下ろすと、弟の凜太《りんた》が小さな両手で龍郎の左手に縋《すが》りついていた。うつむいているので丸い頭しか見えないが、きっと唇を引き結んで難しい顔をしているはずだ。

凜太は不安になると、むっつり厳《いか》めしい顔になる。

「帝都はすごいなあ、凜太。噂《うわさ》に聞いてた以上だ」

龍郎はその場にしゃがみ込み、わざと明るい声を出して弟の顔を覗《のぞ》き込んだ。

「抱っこしようか。そうしたら遠くまで見えるぞ」

凜太は、兄にそっくりだと言われる大きくてくりくりしたどんぐりまなこを見開き、こくっとうなずいた。

にっこり笑って凜太を抱き上げる。龍郎は男にしてはあまり背は高くないが、幼い弟にとってはかなりの高さだろう。

凛太はこわごわ兄の襟《えり》にしがみつきながらも、物珍しそうにあたりを見回した。

「ほら、あそこ。道の真ん中に線路があるだろ。あそこをチンチン電車が走るんだ」

「でんしゃ！　どこ？　あ、あれ！」

はしゃいだ声が上がり、ふわふわのほっぺが顔に触れる。柔らかな感触に、龍郎の心もほっと和んだ。

年の離れた凛太は、まだ数えで五歳だ。十二月に生まれたので、同じ年の子たちよりも小さい。手を離すと消えてしまいそうで、時どき不安になる。

もう何も、失いたくない。

凛太以外、家族はみんな他界してしまった。生まれ育った故郷を遠く離れ、今日からはこの帝都で生きていく。

弟を抱きしめながら、龍郎は青い帝都の空を見上げた。


龍郎は数えで十九歳、地方の元下級士族の長男として生まれた。

家は裕福ではなかったが、貧しいというわけでもなく、優しい両親のもとで幸せに育った。

龍郎は子供の頃から勉強が得意だったから、尋常小学校を卒業した後は中学校へ進んだ。

父は教育熱心な人で、成績優秀な龍郎を大学に入れたがっていた。

「学問は大切だ。これからは女子も率先して教育を受ける時代だ」

常々そう言っていて、だから二つ下の妹、風子《ふうこ》も、女学校へ進学したのである。

そんな父は、母が三人目の子を身ごもった頃、それまでの仕事を辞めて新しい商売を始めた。三人の子供たちに、不自由なく教育を受けさせてやりたいと思ったのだろう。妻にももう少し、自由に身の回りのものを買ってやりたいと思ったのかもしれない。子煩悩《こぼんのう》な上に愛妻家で、身重《みおも》の妻のために自ら率先して台所に立ち、家のことをするような男だった。

商売を始めるのに、父は借金を抱えることになったけれど、家族は誰も心配していなかった。父は聡明《そうめい》で世俗のことに通じており、母はおっとりして少女めいているが、家をしっかり守っている。それに家族はみんな病気一つなく元気だった。

幸せだったのに、ある頃から清水家は、次々と不幸に見舞われた。

弟の凜太を産んで間もなく、母が風邪をこじらせて亡くなった。今から三年と少し前、凍《こご》える真冬のことだった。

龍郎も風子も悲しくて泣いたけれど、父が一番気落ちしていたかもしれない。

春になって、今度は父が仕事中に突然倒れ、そのまま帰らぬ人となった。

清水家には子供たちと、父の仕事の借財だけが残った。

家を売り、荒物屋の二階の六畳一間に引っ越した。他にも売れるものはすべて売り払ったが、借金を完済することはできず、龍郎は十六で学校を辞めて、借金の返済と弟妹たちを養うために働き始めた。

風子も女学校の寮から戻り、凜太の世話をしながら内職で家計を支えた。

それまで何不自由なく育った龍郎には辛《つら》いことだったが、どんな仕事でもしたし、昼夜を問わず働き続けた。

風子も辛かっただろう。十四になったばかりの妹は、最初のうちは凜太のために乳をもらいに方々へ回り、合間に家のこと、内職もしなければならなかった。

それでも兄と妹、励まし合った。家族がちりぢりにならず、赤ん坊の凜太が元気に育ってくれていることが、二人の支えになった。がむしゃらに働いたおかげで、借金も返済のめどが立ってきた。

今が一番辛い時だ。借金がなくなれば、これから後はきっと幸せになる。そう思ったのに、もっと悲しい出来事が待っていた。

去年の二月、風子が病で亡くなった。気づいた時には手の施しようもなく、両親と同じくあっという間に亡くなってしまった。

龍郎は悲しいのと同時に、自分の愚かさを呪った。

風子が暮れぐらいからだるそうにしていたのに、大丈夫だからという彼女の言葉を真に受けて、医者を呼んでやらなかった。

決して弱音を吐かない、兄よりよほど気丈で我慢強い子だとわかっていたのに。

どんなに悔やんでも、風子は帰ってこない。そして、自分と弟が生きるために働かなくてはならない。

隣の長屋に住む家族が、龍郎たちに同情して親身になってくれ、龍郎が働いている間、幼い凜太の面倒を見ると申し出てくれた。隣家は夫婦と男の子だけの年子の兄弟が三人、暮らしていた。

一番下の子は凜太の一つ違いで、これまでもよく一緒に遊んでいた。

龍郎は妹の葬式が終わると、隣家にいくばくかの謝礼を渡して凜太を預け、元のように働き始めた。

必死だった。風子を失った悲しみは癒えず、ただもう凜太を失いたくないという思いだけで前に進んでいる。

周りを見る余裕もなく、だから凜太の元気がないことに、しばらく気づかずにいた。

凜太の表情がいつの間にか乏しくなり、言葉もほとんど発しなくなっていることに気づいたのは、幼い子の腕に不自然な痣《あざ》を見つけてからだ。

隣家に尋ねると、覚えがないという。おおかた他の子供たちと遊んでいて、転んだのだろうと言われた。

ところがその後も、隣家に預けるたびに凜太の痣が増えるようになった。

朝、仕事に出かける時に凜太を預けに隣家へ行くのだが、凜太は嫌がる。最初は兄と離れるのが寂しいのだと思っていたが、それだけではないように思えてきた。

それに、風子がいた頃はあれほど表情豊かでよく笑っていた凜太が、今では家にいてもほとんど笑わない。

周りにそれとなく相談してみたが、心配し過ぎだと笑われた。子供は怪我《けが》をするくらいが元気でいいのだと。

確かにそうかもしれない。せっかく親切にしてくれた隣の夫婦を疑うのも心苦しい。けれど凜太が心配で、我慢しきれなくなってついに、仕事に行くふりをして引き返し、隣家を観察した。

父親は仕事でおらず、母親は家のことで忙しく、年長の子が子守りをしている。そんな三人兄弟に、凜太はいじめられていた。小突かれ、棒で突《つつ》かれたり、からかわれたりしている。凜太は当然、堪《た》えかねて泣き出す。

すると母親は、実の息子たちではなく凜太を叱責した。

一人でうずくまって泣く弟を、もうそれ以上見ていられなくて、龍郎は彼らの前に飛び出した。ひったくるようにして凜太を奪い返すと、そのまま自分の家に戻った。

凜太は泣きじゃくり、その日は龍郎から離れなかった。

後で知ったのだが、隣の家にいる間は、凜太だけご飯を食べさせてもらっていなかったようだ。

謝礼の他に、いくらか米や野菜も渡していたのに。最初は親切心だったのが面倒になったのか、それとも端《はな》から謝礼が目当てだったのか、わからない。

しかしその後、隣家の母親が恩知らずの兄弟だと吹聴したおかげで、下宿先での暮らしは肩身の狭いものになった。

凜太を預ける先もなくなって、龍郎は途方に暮れた。

昼は家にいて内職し、夜に凜太を寝かしつけて働くようになったが、幼子を一人にするのが心配で、すぐに辞めた。子守りを雇うのも金がかかる。

隣家との仲も気まずいものとなり、母や子供たちに会えば嫌がらせをされる。凜太も彼らに怯《おび》えている。

どうにかしなくてはならない。龍郎は子供と一緒に、住み込みで働ける奉公先を探すことにした。

帝都の華族が、子守りを探していると聞いたのは、そんな時だった。

隣家との関係がこじれてから、龍郎は毎日のように凜太を連れて、弟と住み込みでできる働き口を探し回った。

あちこち足を延ばし、ふと立ち寄った隣町の職業紹介所で、変わった求人の話を小耳に挟んだ。

紹介所と言っても、近所の小さな商店が口入れも兼ねているという程度だ。そこで店番の老婆とその友人が、世間話をしているところに行き合ったのだった。

なんでも帝都の華族様のお屋敷で、住み込みの子守りを探しているというのだ。

「伯爵《はくしゃく》だか子爵《ししゃく》だかの甥《おい》御《ご》様の子守りだってさ。といっても、正式な甥ではないみたいだけど」

盗み聞きをするつもりはなかったが、住み込みの子守りと聞いてつい、龍郎は耳をそばだててしまったのだ。

「なんだってそんなご立派な家が、お宅なんかに話を持ってくるのさ」

「お宅なんかとはご挨拶だね。元は、池端《いけのはた》の大奥様のところに来た話だったのよ」

「ああ、あの。先日亡くなられたっていう」

「そうそう。大奥様はほら、良家のお嬢様だったっていうから。けど、あたしだって困っちゃうわよ。そんなご大層な家に紹介できるような娘なんていないし」

もともと華族の子守りの仕事は、池端という家に縁故で来た求人だった。ところが縁があった大奥様が急逝し、その葬儀で人を紹介するどころではなくなってしまった。

先方は急ぎ子守りを探しているらしい。そこで華族とは縁もゆかりもない、近所の口入れ屋の老女のところへ、話が回ってきたというのだ。

龍郎は思わずその話に飛びついた。

「あの、俺、子守りができます。父は元士族です。礼儀作法も問題はありません」

本当は、華族の作法など知らない。それでも、この機を逃してはなるまいと、必死に主張した。

老女二人は互いに顔を見合わせ、次にはプッと吹き出した。

「悪いね、兄さん。先様《さきさま》が欲しがってるのは女の子なんだよ」

「子守りは女子供の仕事だろ。大の男が子守りなんて、向こうさんが雇ってくれるもんかね」

「でも、男だって子守りはできますし」

食い下がってみたものの、老女たちには一蹴《いっしゅう》されてしまった。

それでも諦《あきら》めきれなかったのは、帝都で働くというのが魅力的だったからだ。

地方では働く場所も限られている。一方、帝都は景気が良くて、仕事も多いと聞いている。

龍郎の町からも、帝都へ働きに行く若者は後を絶たなかった。

龍郎一人だったら、すぐにでも帝都へ出ていただろう。しかし子連れでは、見知らぬ土地へ当てもなく行くのは不安の方が大きい。

帝都に雇いの口があるならば、何としてでも縋りたい気持ちだった。

龍郎はしばらく、老女たちの目に付かない店の脇で思案していた。その間も老女たちは、店先でこの求人の話を続けていた。

「こんな手紙押し付けられて、どうしたもんだか。返事は女文字でもいいのかしらねえ」

「華族様の手紙まで預けられたのかい。いくら葬式で忙しいからって、池端の家もあんまりじゃないの。こりゃ、下手すりゃ信用問題だよ」

「わざとだよ、わざと。あそこの奥様はほら、大奥様と大層仲が悪かったから。旦那様は女遊びに忙しいしさ。池端家の面目丸つぶれになったら、奥様にとっては『ざまあみろ』ってところなんじゃないの」

「ひええ。嫁の恨みは恐ろしいねえ」

くわばらくわばら、と、老女たちが面白がっているところへ、店先に客がやってきた。

店番の老女は客に応対し、友達の方は「じゃあ私はこれで」と、店を出て行く。脇にいた龍郎と目が合って、じろりと睨《にら》まれた。

龍郎は仕方なく、その場を離れることにした。

「にいちゃ、ねむい」

歩き回って疲れたのだろう、目を擦《こす》る凜太を背負い、店の前を横切る。

店番の老女は客と話し込んでいて、龍郎には気づいていないようだった。何か品物を探しているのか、二人して陳列棚のある店の奥へ行こうとしている。

その時ふと、先ほど老婆が座っていた店先の丸椅子《まるいす》の上に、手紙が置かれているのに気が付いた。

宛名に「池端」とある。老女が無理やり預けられたという、華族からの手紙だ。

それを見た途端、どきどきと心臓が早鐘のように鳴った。ちらりと奥を見る。奥にいる老女と客は、こちらに背を向けていた。

さらに周りを見回す。ちょうど、通りに人の姿は見当たらなかった。

龍郎は一瞬目をつぶり、南無三《なむさん》、と心の中で念じて丸椅子に近づいた。さっと手紙を取ると着物の懐《ふところ》にねじ込み、走って店から遠ざかった。

だいぶ離れてから、立ち止まって懐の手紙を取り出した。

盗みを働いてしまった。いや、盗んだのではない。ほんの一瞬、拝借しただけ。

自身に言い訳をしながら、素早く中身を読む。

手紙の送り主、子守りを探している華族というのは、春野政隆《はるのまさたか》という人物だった。

そして池端の大奥様という人は、どうやらかつて、この春野の家で働いていたらしい。

達筆だが厳めしい文字で、五つになる弟の子供を引き取ったこと、子守りの手が足りず女中を探していること、できれば若い娘がいい、というようなことが書かれてあった。

手紙を何度か繰り返し読んだ後、送り主の住所を記憶して、封筒にしまう。

元来た道を戻り、先ほどの店の前を通った。ちらりと中を覗くと、客も老女もいなくなっていた。

ぽつんと残された店先の丸椅子に、龍郎は懐から取り出した手紙を急いで戻した。

後ろめたくて、周りを確認する余裕もなく、足早に店を離れる。

そのまま真《ま》っすぐ、わき目もふらずに家に帰った。


家に戻ってすぐ、一通の手紙をしたためた。宛先はむろん、春野政隆氏だ。

駄目でもともと。一か八か。

偶然が重なって宙に浮いた求人に、どうにかしてありつきたいと思った。

龍郎は本名を名乗り、池端の大奥様が亡くなったこと、近くにいた自分にたまたま話が来たことを、さも池端家の知人のように綴《つづ》った。

『お探しの子守り女中に、妹の風子が適格だと思います』

両親は亡くなり、兄の自分は学校の寮にいて、家には妹と幼い弟のみで不用心なので、ぜひそちらに奉公に上がらせてほしい。弟の凜太は甥御様と同じ年なので、良い遊び相手になるはず……と、真実と虚構を混ぜた。

風子の名を出したのは、その場の思い付きだった。

子守りは女子供のすること。大の男が応募したのでは、老女たちと同様、先方に相手にされないだろう。

ならば、女のふりをするのはどうか。

幸い、龍郎は男にしては背が低く、顔つきも童顔で男らしいところがなかった。髪はちょうど、売って少しでも金にしようと伸ばしていたところだ。きちんと梳《と》かせば女ふうに結える。

風子が生きていた時、母の娘時代の着物を龍郎に当てて、

「こっちの柄は、兄さんの方が似合うわね」

なんて冗談を言われたこともあった。白粉《おしろい》をはたいて紅《べに》でも塗れば、女に見えるのではないか。

半分は自棄《やけ》で、半分は藁《わら》にも縋る気持ちだった。

手紙を出して一週間後、帝都から返事が来た。最初から相手にされない可能性も大いにあったから、返事が来ただけでも驚いたものである。

しかも手紙には、風子を採用する旨が書かれてあった。凜太と共に、支度が整い次第来てほしいとのことだった。

手紙には、帝都までの汽車の切符も入っていた。

「凛太、やった。仕事が決まったぞ。一緒に帝都に行くんだ」

幼い凛太は、帝都と聞いてもぴんと来ないようだったが、兄が喜んでいるのを見て、歓声を上げた。

龍郎はさっそく、家を引き払う準備を始めた。家財道具を一切合切《がっさい》売ってお金にし、虎《とら》の子の蓄えと合わせて借金の残りを払いきった。

残ったのは片道分の汽車の切符と、何日か分の食べ物を買う金だけ。あとは家族の形見と、龍郎と凛太のわずかな着替えが全財産だった。

帝都の働き先でもし万が一、雇ってもらえなかったら宿無しになる。

でもあえて、暗いことは考えないことにした。

これから人生最大の大博打《おおばくち》を打つ。いや、これは騙《かた》りだ。人を騙《だま》して働くのだから、犯罪になるかもしれない。

それでも、後に引くつもりはなかった。

手紙の返事が来るまでの間、日雇いの仕事場に無理を言って凛太を連れて行ったが、もう限界だった。子守りを探そうにも、龍郎が隣家の子守りに難癖《なんくせ》をつけたと吹聴されていて、なかなか見つからない。

凛太は隣のいじめっ子たちに怯えている。もう、ここを出て新天地に行くしかないのだ。

借金を返した後、龍郎は押し入れから女物の着物を取り出し、着替えてみた。

風子の着物だ。他はあらかた金に換えてしまったが、風子の持ち物はまだ気持ちを切り替えられず、どうしても全て手放すことができなかった。

矢絣《やがすり》の小振袖《こふりそで》に行灯袴《あんどんばかま》、裄丈《ゆきたけ》が少し短いことに目をつぶれば、どちらも違和感なく着られた。

無造作な総髪にしていた髪を下ろし、櫛《くし》で梳《す》いてから、風子のリボンを結んでみた。

(風子にそっくりだ)

母の形見の手鏡を覗いて、思った以上に女らしくて驚いた。これなら化粧をしなくても女に見えそうだ。子守りなのだから、白粉をはたいて行ったら笑われるかもしれない。このままでいい。

龍郎は、家のことなら何でもできる。

学校の同級生たちには、男らしくないと言われたけれど、母が亡くなってから風子と助け合って家のことをしてきた。縫物だって、女学校で風子が習ってきたのを、龍郎が教えてもらったのだ。おかげで凜太の浴衣《ゆかた》くらいは縫えるようになった。

「凜太、どうだ？　女に見えるか」

くるりと弟の方を向いてみた。一人で手遊びをしていた凜太は、龍郎の顔を見て「あっ」と声を上げた。

「ねえちゃ！」

叫ぶなり、立ち上がって龍郎に飛びつく。慌てて抱き止めると、ぐりぐりといがぐり頭を胸に押し付けた。

「ねえちゃんの匂《にお》いがする」

頬を摺《す》り寄せて、ふふっと幸せそうに笑う。凜太は風子に一番懐いていた。母が産後すぐに亡くなったから、風子が母親代わりだったのだ。

「うん。風子の着物だからな。なあ、凜太。兄ちゃんがこの恰好《かっこう》をしている時は、姉ちゃんって呼んでくれるか」

龍郎の言葉に、凜太はきょとんと眼《め》を見開いてから、「わかった」と答えて、こくっとうなずいた。

本当にわかってくれているかは、ちょっと怪しい。幼い子には難しいかもしれない。これから何度も念を押す必要があるだろう。

それでも今は、「いい子だな」と、丸っこい頭をぐりぐり撫《な》でた。

「俺たちはもうすぐ、ここを出て帝都に行くんだ。帝都って知ってるか。車や汽車があちこち通っていて、人が大勢いるんだ」

「大勢って、いっぱい？　こんくらい？」

小さな腕を広げて見せる。そんな様子が可愛くて、龍郎は笑いながら「もっともっと、いーっぱい」と答えた。凜太もはしゃぐ。

「人がいっぱい！　じゃあそこに、とうちゃんとねえちゃんもいる？」

無邪気な弟の言葉に、胸を突かれた。

「……帝都には、いないんだ」

「じゃあ、どこにいるの？」

凜太はまだ、死というものがよくわかっていない。或《ある》いは、家族がいなくなったことを受け入れられないのか。

龍郎は膝をつくと、弟の身体《からだ》を抱きしめた。

「帝都よりずっと遠く。うんと遠くに、父さんも母さんも姉さんもいる」

ふーん、と、か細い声がする。

「あいたいなあ」

「そうだな。兄ちゃんも会いたい」

言いながら、泣き出しそうになるのを堪《こら》えた。みんなに会いたい。寂しくて心細い。

「でもまだ、会えないんだ。当分の間、兄ちゃんだけで我慢してくれよな」

なるべく明るい声で言った。でも、弟も何か気づくものがあったのかもしれない。龍郎にぴたっと抱きつくと、

「りんた、にいちゃんだけでいいよ」

泣くまいと思ったのに、涙がこぼれてしまう。小さな身体をめいっぱい抱きしめた。

「俺も、凜太がいてくれればいいや」

翌日、凜太を連れて墓参りに出かけた。帝都に行けば、当分は戻ってこられない。家族に挨拶をしようと思ったのだ。

墓を綺麗《きれい》にして、凜太と二人で手を合わせた。

(父さん、母さん、風子。行ってきます)

こうして龍郎は弟と二人、帝都へと出発したのだった。


「うーん、どれに乗ればいいのかなあ」

汽車で帝都に着いた龍郎は、停車場を降りて迷っていた。

春野からの手紙には、汽車の停車場から春野家までの簡単な行き方が書いてあった。

それによると、停車場の前から路面電車に乗るのが早いらしい。

実際に帝都に着いてみればなるほど、停車場の前の大通りを、路面電車が四方に行き交っている。

しかし、どの方向に乗れば春野家のあるお屋敷町に着くかもわからなかった。

「にいちゃん、まいごなの?」

「いやいや、大丈夫。兄ちゃんにまかしとけ」

凜太が不安そうに手を握りしめるから、笑顔で請け合った。とはいえ、あまりぐずぐずしているると日が暮れてしまう。そこで龍郎は、そこらを歩く人に声をかけて、道を尋ねようとした。

「あの、すみません。……あの、ちょっと」

声のかけ方が悪かったのだろうか。みんな、横目でちらりと龍郎を見るものの、足を止めることなく過ぎ去ってしまう。

「帝都の人は冷たいなあ」

先を急いでいるのかもしれない。それにしたって、少しくらい話を聞いてくれてもよさそうなものだ。

龍郎は仕方なく、いくつかある路面電車の停留所へ向かうことにした。停留所には、ぽつぽつと人が並んでいる。順に聞いて行けば、行き方がわかるだろう。

そう考えて、龍郎は凜太を抱き上げた。停車場の前の大広場を横切って、一番近い停留所へ向かおうとした。

周りをよく見て出たつもりだったが、その時ちょうど、人を乗せた人力車が龍郎の向かう方へ、勢いをつけて曲がってきた。

「あっ」

気づいて身を捻《ひね》ろうとしたが、背には荷物を負い、腕には凜太を抱いている。身体が思うようにならず、動きが遅れた。

ぶつかる……凜太を抱きこんで衝撃を覚悟した時だった。

「危ない！」

後ろで誰かの声がして、ぐいと背負っていた荷物を後ろに引っ張られた。大きく身体がのけぞり、転倒するかと思いきや、背後に荷物ごと龍郎を支える手があった。

間一髪で、目の前を人力車が通り過ぎる。

「ぼやぼやすんじゃねえ！」

車夫が捨て台詞《ぜりふ》を吐いて去って行く。何もかもが一瞬の出来事で、龍郎はしばし、呆然とした。

「大丈夫か？」

すぐ後ろで、低く艶《つや》のある男の声がして、我に返った。通りすがりの誰かが、助けてくれたのだ。

「ありがとうございます！」

礼を口にしながら振り返ると、目の前に背広の襟元が目に入った。ぐんと顔を大きく上に上げて、ようやく相手の顔が見える。

のけ反るほど背の高い男が、こちらを見下ろしていた。

（わあ）

龍郎は心の中で、感嘆の声を上げた。そこにあったのが、男でも見惚《みと》れるような、絵から抜け出たような美丈夫《びじょうふ》だったからだ。

眉はきりりと太くつり上がっていて、目鼻立ちもはっきりしている。背丈の大きさに見合うがっしりとした身体つきで、全体的に造りが大きい。

それでも無骨さや荒々しさは感じられず、そこはかとない気品があった。仕立てのいい背広姿で、紳士らしく中折れ帽を被《かぶ》っている。

大きく力強い両眼をわずかに細め、唇を硬く引き結んでいる様は、厳めしくさえ見える。

窮地を救ってくれた相手だと知らなければ、何か咎《とが》められているのかと勘違いしそうだった。

「ありがとうございます。助かりました」

男が、龍郎の背負っている重い荷物を支えてくれているのだとわかって、慌てて体勢を立て直した。

本当に間一髪、彼が助けてくれなかったら、凜太ともども大怪我をしていたかもしれない。

帝都にも、親切な人がいるのだ。

ホッとして、お礼と共に笑顔を向けると、相手はわずかに目を瞠《みは》り、何度か小さく瞬《まばた》きした。

「……いや。乱暴な車夫だったたな」

抑揚のない声なのに、男のそれはなぜか、優しく感じられた。知らずのうちに見惚れていると、腕の中でもぞりと凜太が身じろぎする。

「凜太、大丈夫か」

弟もまた、咄嗟《とっさ》のことで何が起こったのかわからなかったらしい。きょとんとしてから、「んっ」と力強く答えた。

かと思うと、後ろの男に視線を移して、怯えたように龍郎にすがる。

「に……にいちゃっ」

鬼にでも出くわしたような怯えっぷりだ。大きな男が怖かったのかもしれない。ぷるぷる震えるから、龍郎は笑ってしまう。

「この方が、危ないところを助けてくださったんだ。お礼を言おうな」

兄の言葉に、凜太は胡乱《うろん》そうな目で男を見上げながら、おずおずと頭を下げる。

「ありがと……ござーます」

男はそんな凜太を見下ろし、くすりと笑った。厳めしい顔が優しく和んで、見ている龍郎も穏やかな気持ちになった。

「帝都は初めてか？」

男は龍郎の肩を軽く押しながら、尋ねてくる。そのすぐ横を大八車が通り過ぎ、さりげなく道の端に寄せてくれたのだと気がついた。

今まで同じ男性から、こんなふうに優しく振る舞われたことはない。

本物の紳士とは、老若男女の分け隔てなく親切にするものなのかもしれない。やっぱり帝都はすごいと、龍郎は感心する。

「はい。さっき汽車で着いたばかりで。田舎者《いなかもの》だってことが、見てわかりますか」

「大きな荷物を背負って、きょろきょろしていたからな。この辺りはスリも多いから気をつけろ」

「は、はい」

「路面電車に乗るのか?」

男がそう言ったのは、停留所に向かっていたからだろう。龍郎はハッとした。

「はい、そうなんです。でも、どれにどうやって乗ればいいのか、わからなくて」

道を尋ねるなら、今しかない。お屋敷町に行きたいのだと言うと、男は軽く目を瞠った。

「奇遇だな。俺もお屋敷町に住んでいるんだ。一緒に行くか」

なんと、ありがたい偶然だった。龍郎は男の後について、路面電車の停留所に向かった。

龍郎たちが停留所に着いて間もなく、電車がやってきた。中には溢《あふ》れるほどの乗客が乗っており、龍郎たちの前にも客が列を成している。

これではとても乗れそうにない。どれくらい待てば乗れるのだろう。次の電車はすぐ来るだろうか。

にわかに不安になったが、男は黙って並んでいる。やがて、停留所に電車が着くとたくさんの客が降りた。同じくらい並んでいた停留所の客たちが、のろのろと電車に乗り込んでいく。たちまち乗車口まで人が溢れかえった。

「先に乗れ」

自分の番になると、男はくるりと身体を入れ替えて龍郎を先に乗せた。しかし、人がいっぱいで、乗車口の階段を一つ上ることしかできない。

すると、男が手すりを摑《つか》み、勢いよく駆け上ってきた。凜太を抱いた龍郎をさらに抱きこむようにして、強引に中へ突っ込んでいく。

「わっ」

見かけによらず荒っぽいなと思ったが、帝都ではこれが普通なのかもしれない。中の客も一瞬、迷惑そうにこちらを睨んだものの、何も言わなかった。

男の後ろから、さらに切符切りの車掌が乗り込んできて、電車は出発した。

電車は揺れるが、客でぎゅうぎゅうで足が浮きそうだ。

胸に抱いた凜太は、苦しいのか身じろぎし、「ぷは」と、水から上がるように口で息をしていた。

「大丈夫か。こっちを向いた方が楽だ」

後ろからまた、男が声をかけて助けてくれた。龍郎を反転させると、凜太ごと自分の腕に抱きこむ。龍郎は凜太と一緒に男の胸に顔を押し付ける恰好になった。

背広越しに逞《たくま》しい男の胸板を感じ、安心するような、でもどぎまぎするような、複雑な高揚を覚えた。

「今日は何かあるんでしょうか。お祭りとか」

それにしたって人が多い。気を紛らわせるためにつぶやくと、男はおかしそうに笑った。

「いや。路面電車は客が多くて、いつもこんな感じだ。これから帝都で暮らすなら、覚悟するんだな」

「わあ、大変ですね」

これから路面電車に乗る機会がどれだけあるかわからないが、あまり乗り心地のいいものではない。

むっとむせ返るような、雑多な臭《にお》いの立つひといきれの中、男の服からほのかに煙草《たばこ》の匂いが香るのが救いになった。

「帝都には働きに来たのか？」

しっとりした低い声音は、甘苦い煙草の香りと同様に龍郎の心を落ち着かせる。男の胸に顔を埋《うず》めたまま答えた。

「はい。お屋敷町のお宅に、弟と一緒に住み込みができる働き口が見つかりまして」

話しながら、どこまで男に打ち明けたものか、頭の中で考えを巡らせた。

これから向かうお屋敷町は、華族様のお屋敷が並ぶ界隈《かいわい》らしい。この身なりのいい紳士も、

おそらくそこに住んでいるのだろう。

同じ町内である。もしかすると、奉公先の春野氏とこの男が、見知った仲だという可能性もなくはない。

これから自分がしようとしていることを考えると、あまり自身の素性を話すのは得策ではないだろう。もし突っ込んで聞かれたら、何と答えようか。

そんな心配をしていたのだが、男が龍郎の奉公先を尋ねることはなかった。

「そうか。大変だな。見たところ、君も子供のようだが」

同情するように言われた。

「あ、いえ。今年で十九になりました」

答えると、困惑したようにまじまじと見下ろされた。

「あっ……十九。そうか。いや……そうか」

そうかそうか、と、男はつぶやく。確かに龍郎は童顔だが、どれだけ子供だと思われていたのだろう。

「……すまない」

申し訳なさそうに謝られて、龍郎は笑ってしまった。素直な人なのだ。

「いえ。俺、童顔ですから。妹と一緒にいたら、姉妹に間違えられたりして」

男物の着物を着ていたのに、姉妹ですかと言われたことがあった。しかも、妹が姉だと思われたのだ。そんなに頼りなく見えるだろうかと、悩んだものだった。

「ほう、妹御がいるのか」

軽い龍郎の声音に釣り込まれるように、男も楽しげに問いかける。

妹はもういない。

そのことをどう伝えたらいいかわからずにいると、路面電車の車体が大きく傾《かし》いだ。

「もうすぐだ。降りるぞ」

大きく弧を描いた道を曲がるのが、合図らしい。路面電車は間もなく、屋敷町前の停留所に着いた。

「奉公先まで、道はわかるか？　送って行こう」

電車を降りて、男はなおも親切に気にかけてくれた。

「ありがとうございます。でも、大丈夫です」

男の申し出はありがたいが、ここから先は別行動でなくては困る。この姿のまま、働き先に行くわけにはいかないのだ。

「何から何まで、本当にありがとうございました」

ぺこりと頭を下げる。腕の中の凜太も、兄にならって「ありがと、ござました」と、頭を下げた。

「ああ。俺もこの界隈に住んでいる。また会うこともあるかもしれん」

男の言葉に、曖昧《あいまい》にうなずいた。本当なら心強い言葉なのに、龍郎は素直に喜べない。それが申し訳なくて、胸が痛む。

男が角を曲がって見えなくなるまで、龍郎は彼を見送った。


「凜太、どうだ」

お稲荷《いなり》さんの社《やしろ》の陰からそっと姿を現した龍郎に、言いつけ通り見張り役をしていた凜太は、振り返ってぱっと顔を輝かせた。

「ねえちゃ！」

風子の着物に着替え、髪にリボンを結んだ龍郎に、凜太は大きな声でそう呼んだ。龍郎はぐりぐりと凜太の頭を撫でる。

「そうだ。よく覚えてたな。……っと。これもまずいか。よく覚えてたわね？」

親切な男と別れた後、龍郎は着替えができる場所を探した。近くに火の見櫓《やぐら》があり、そのすぐ脇にお稲荷さんの小さな社が建っていた。櫓と社の間がちょうど、物陰になっている。

龍郎は凜太に見張りを頼み、そこで女物の着物に着替えたのである。

道中、男の恰好のままだったのは、女と子供の旅は何かと物騒だからだ。こんな近所まで来て着替えるはずではなかったのだが、汽車の停車場では帝都の賑わいに圧倒され、その後も道がわからず着替えのことを失念していた。

しかしともかく、無事に奉公先の近所まで辿《たど》り着いたし、女装もできた。荷物の中から手鏡を出し、姿を確認する。

大きなリボンがかえって田舎臭いが、娘に見えることが肝心だ。

（俺ってやっぱり、結構な女顔だったんだなあ）

おまけに童顔だ。十九の男には見えない。本来ならばがっかりするところだが、これは幸運なのだ。

「凜太。何度も言ってるけど、これから俺……あたしたちは、華族のお子様の相手をするん……のよ。凜太と同じ年だから、仲良くしましょうね」

龍郎は弟の前にしゃがみ、そっと顔を覗き込んで言い聞かせた。大きくて丸い瞳が、不安そうに彷徨《さまよ》い、やがて意を決した様子でこくっとうなずく。

お隣の家の子供たちにいじめられていたから、凜太はまだ子供が怖い。もし、これから行く家の子が乱暴者だったら、凜太にとってはつらい環境になる。

今度こそ凜太を守るつもりだが、そうなったら辞めさせられるかもしれない。あれこれ考えると不安は尽きない。

（でも、こうして帝都まで来た。ここを足掛かりに、仕事は探せばあるはずだ）

大丈夫。きっと大丈夫。祈るように、自分自身に言い聞かせた。

「二人で頑張ろう。今度は絶対、凜太を一人にしないから」

抱きしめると、凜太も強くしがみついてきた。

「にいちゃん……」

つぶやくのを、今は咎めなかった。

「よし、行くよ。姉ちゃんと一緒に頑張って働こう」

しばらく抱き合った後、龍郎はすくっと立ち上がった。凜太の手を引き、いよいよ奉公先へ向かう。

地図によると、この火の見櫓から少し歩くらしい。

「大きな家がいっぱいだなあ」

さすがお屋敷町だけあって、立派な家が並んでいる。時おり道を通り過ぎる人も、心なしか上品に見えた。

しばらくして、ひと際大きな洋風のお屋敷が見えた。塀がどこまでも続いていて、緑の生い茂る向こうに洋館がそびえている。

「わあ」

凜太も歓声を上げた。

「どんな人が住んでるんだろうな」

ちょうど門が見えたので、物見高く表札を覗いてみる。そこには「春野」と、書かれてあった。

「え、春野？　いやでも、住所が違うな」

地図によれば、奉公先の家はもっと先にあるはずだ。偶然かと思ったが、ちょうどその時、通用口から人が出てきたので、思い切って声をかけてみた。

「新しい子守り？　何のことやら……あっ、ひょっとして隠居屋の子か」

この屋敷の下働きらしい、年配の男性は怪訝《けげん》な顔をしてから、思い出したようにぽんと膝を叩いた。

「こっちは本宅でね。お前さんが働くのはその先、二町ほど歩いて右を曲がったところにある。こんな洋風のお屋敷じゃなくて、普通の家だよ。直接向こうに行くといい」

男性は道の先に立って、親切に教えてくれた。それから龍郎をじっと見る。もしや女装がバレたのか、と冷や汗が流れたが、そうではなかった。

「お前さんが坊の子守りか。そっちは弟か？」

「は、はい。清水風子と申します。これは弟の凛太です」

龍郎がお辞儀をし、凛太もぺこりと頭を下げる。

「よっしくおねがいしまっす！」

男性は相好《そうごう》を崩し、凛太の頭を撫でた。

「おお、賢い子だな。あちらの坊も同じくらいの年だ。気の毒な子だよ。よく面倒を見てやってくれ」

しんみりとした口調で言われ、内心で驚いた。何やらいわくありげだ。

春野氏の手紙には、甥の子守りを探している、としか書かれておらず、詳しい事情は知らなかった。子供の親はどうしているのだろう。

気になったが、家に行けばわかることだ。龍郎は年配の男に礼を言い、先を急いだ。

目的の家は、本宅と言われたあの大邸宅から、歩いて数分の場所にあった。板塀に囲まれた平屋の家だ。

先ほどの男は普通の家、と言っていたが、それも大邸宅と比べたらで、こちらも十分広い。

木戸を開けて中に声をかけると、しばらく経《た》って恰幅《かっぷく》の良い中年女が、眠そうな顔で現れた。今まで眠っていたのだろうか。綿の着物が着崩れて、少しだらしない。

「なに、あんた。ああ、子守りね」

風子の名を名乗ると面倒臭そうな顔をし、それから隣にいる凜太を見て、目を吊り上げた。

「そっちの子はなんだい」

「えっ、あの、弟です。一緒に住みこませていただく……」

「聞いてないよ」

ぴしゃりと言われて、青くなった。凜太が怯えたように龍郎の足にしがみつく。

「そんなはずはありません。最初に弟も一緒だと手紙を出しましたし、それで採用されたんですから」

こんなところで追い返されるわけにはいかない。食い下がると、女の顔に険が走った。

「どなたがいらしたの」

女が何か言いかけた時、奥からおっとりと別の女の声がして、腰の曲がった老女が現れた。

女は横目でそちらを見て、「ちっ」と舌打ちする。老女はそれが聞こえていないのか、それとも聞こえないふりをしているのか、真っすぐ龍郎たちを見た。

「あら。もしかして、子守りさん？」

老女も質素な綿の着物を着ているが、どことなく品がある。龍郎は居住まいを正し、頭を下げた。

「はい。今日からご奉公に上がります、清水風子と申します。これは弟の凜太です」

「よっしくおねがいしまっす！」

凜太もここが正念場とわかっているのか、きりりとした顔でお辞儀をした。

「ええ、聞いてますよ。坊ちゃまと同じ年の子なんですってね」

老女がおっとりと微笑《ほほえ》むのに、ホッとした。やはり、一緒に住む話は通っていたのだ。

なのに聞いていないなどと言った、中年女には腹が立つが、ここでやり合うわけにもいかない。ちらりと女を見ると、女はこちらを睨みつけて「ふん」と鼻を鳴らした。

「ごく潰しが増えるってわけかい」

「イトさん！」

老女が咎める声を上げたが、女はそっぽを向いた。そのままドスドスと乱暴な足音を立てて家の奥へ引っ込んでしまう。

「ごめんなさいねえ」

老女に言われたが、龍郎は呆気《あっけ》に取られていた。


わりと、とんでもない家に来てしまったかもしれない。

春野の隠居屋に着いてすぐ、龍郎はそんな考えに及んだ。

「のんびりしちゃって、ごめんなさいねえ。年のせいか、めっきり足腰が弱くなってね」

老女のチヨは、龍郎たちを招き入れると、先に立って中へと案内してくれたが、足腰が弱く動きは緩慢だ。

本人も気にしているらしく、何度か謝られた。

「いいえ、気にしないでください。弟が小さいので、助かります」

龍郎が女だと疑ってもいないようで、これくらいおっとりしているほうがありがたい。

それはいいのだが、先ほどの中年女は奥に引っ込んだと思ったら、廊下を曲がってすぐの部屋から高いびきが聞こえてきた。

この家には幼い甥の他、チヨと先ほどの中年女しかいないというから、あのいびきは女のものなのだろう。

「イトさんもねえ、悪い人じゃないんだけど」

さすがにチヨも大きないびきを聞き逃すはずもなく、困ったように言う。といって、イトを咎めるふうもなかった。

足腰の弱った老女と、昼の日中から仕事もせずに眠りこける女。まるでまとまりがなくて、不安になる。

そういえば、肝心の甥の姿がどこにも見えなかった。イトのいびき以外、家からは何の物音も聞こえてこない。

「ここはイトさんの部屋。お台所の隣が私の部屋なの。お台所のお向かいは坊ちゃまのお部屋。部屋は余ってるからね。あなたたちの部屋もありますよ」

言って案内された部屋は、もとは布団部屋だったそうで、窓もない三畳ほどの部屋だったが、それでもありがたかった。相部屋を覚悟していたのだ。

着替えにはさぞ苦労するだろうと思っていたから、憂《うれ》いが一つ晴れた。

「姉ちゃんと凜太と、二人で寝る部屋だって」

布団だけの薄暗い部屋を覗いて、凜太は心細そうな顔をしていたが、龍郎は無理に笑顔を作った。部屋に荷物を置くと、チヨが他の部屋も案内してくれる。

「ここが珠希《たまき》様のお部屋。でもいらっしゃらないわね。また、お庭で遊んでらっしゃるのかしら」

龍郎たちの隣の部屋が、珠希という春野氏の甥御の部屋らしい。

床《とこ》の間《ま》のある立派な部屋だったが、主《あるじ》の姿は見当たらなかった。凜太と同じ年なら、まだ数えで五つだ。やんちゃな子ならば、家の外に出てしまうかもしれない。

しかし、イトは幼子《おさなご》の姿が見えなくても不安に思わないようで、「あとで紹介しましょうね」と言ったきりだ。

(大丈夫かな)

最初はまともに見えた老女も、頼りなく思えてきた。

子供のことが気になったが、入ったばかりの下っ端の女中が口を挟むのははばかられる。内心でやきもきしながら、チヨの案内を受けた。

チヨによれば、この平屋は先々代、春野政隆氏の祖父が隠居の際に建てたものだそうで、華美なところはないが、華族の隠居屋に相応《ふさわ》しい趣《おもむ》きのある庭造りをしていた。

庭は定期的に、本宅お抱えの植木屋が整えに来るのだという。ただ、日常で家の掃除するのは女中の役目で、庭もその範疇《はんちゅう》である。龍郎はチヨに、「お願いしますね」と、やんわり頼まれた。

米と味噌《みそ》は、近所の店が御用聞きに来る。それ以外は買い出しに行き、三度の食事を作るのは、今はチヨの役目らしい。

「本当はね、イトさんの仕事なんだけど。いずれあなたにお願いすると思うわ」

おっとり言われた。黙っていたら、何もかも仕事を押し付けられそうな気がする。

「あの、春野政隆様か、奥様にご挨拶したいのですが。旦那様はこちらにいらっしゃらないのでしょうか」

政隆から来た、真面目《まじめ》そうな手紙の書体を思い出し、龍郎は言ってみた。

珠希という子は何やら訳ありのようだが、それはともかく、龍郎の雇い主は政隆氏だ。まずは家の主に挨拶をするのが筋というものだろう。

この家には秩序というものが感じられず、それを雇い主が把握しているのかどうか、確認したかった。

龍郎の言葉に、チヨは困ったように真っ白な眉を下げた。オロオロと迷うようにあちこち見回して、やがて自分以外に答える者がいないとわかったのか、「ご挨拶は必要ないの」と、仕方なさそうに答えた。

「奥様はいらっしゃらないの。旦那様は本宅にいてお忙しいから、こちらにはいらっしゃらないわ。この家のことは私たちに任されているの」

人を雇う際は本宅を通すことになっているが、それ以外はチヨたちに一任されているのだという。

さらに、珠希をこの家に迎えてから、政隆氏が顔を見せたのはたったの一度きりだと聞かされた。

「何も聞かされていないのね。ちょっとこちらにいらっしゃい」

困惑している龍郎を見て、チヨはやはり仕方なさそうに言い、龍郎たちを台所に連れて行った。

チヨは龍郎と凛太を台所の板場に座らせると、水屋からふかし芋《いも》を出してきて、食べさせてくれた。

「ありがとうございます」

お腹《なか》が空《す》いていたから、龍郎はありがたく凛太と分けて食べた。

「おいも、おいしい」

凛太がおずおず感想を述べるのに、チヨはほっこりした笑みを浮かべた。けれど、その笑みはすぐかき消される。

「珠希様のことだけど……」

そこでようやく、龍郎はこの家の複雑な事情を聞かされた。

珠希は、当代春野家当主、政隆の甥だが、その名を曽根《そね》珠希という。姓が違うのは、政隆の弟である珠希の父親が、春野家の庶子だったからだ。

政隆の祖父は元六万石の藩主で、ご一新の際に伯爵《はくしゃく》位を得た。政隆の父は元外交官の実業家である。

その父が亡くなったのは二十年前、政隆がまだ十歳の頃だった。長男の政隆は、わずか十歳にして家督を継ぐことになったのである。

先代は美男子の漁色家《ぎょしょくか》で、政隆の母である正妻以外にも方々に女がいたそうだが、お園《その》という花柳界出身の女性をもっとも寵愛《ちょうあい》していた。

このお園との間に生まれたのが、珠希の父である。先代は本宅の敷地に離れを造ってお園と子を住まわせた。

同じ敷地に妾《めかけ》を同居させていたのだから、正妻が快く思うはずがない。

先代が生きていた頃は我慢していたけれど、死後はお園たちを厳しく苛《いじ》め抜き、ついには母子を追い出してしまった。

ほとんど財産らしい財産を持たされず追い出されたというから、その後お園は相当な苦労をしたに違いない。

花柳界に出戻ったとか、遊女に身を落としたとか噂があったが、春野家の者で、母子の消息をはっきりと知る者はなかった。

やがて正妻は病死し、政隆は帝大を卒業後、本格的に父から受け継いだ事業に加わった。

政隆は父に似ず女嫌いで、周りがどんなに勧めても結婚をしない変わり者だという。仕事においてはキレ者だそうだが、冷徹な人間で、父の代から仕える部下でさえ、自分の意にそぐわなければ容赦なく切り捨てるという。

古い使用人ばかりか、自分が連れてきた新しい部下を、使えない奴だと怒鳴ってすぐさまクビにしたこともあった。

そうしたことが度重なり、今の当主は冷酷だ、と言われるようになった。冷血伯爵、などという二つ名まで囁《ささや》かれているとか。

それでも事業は堅調で、春野家の代替わりはつつがなく終わった。

ところが昨年、お園の息子だという男が突然、幼い子供を連れて政隆を訪ねてきた。

男の話によると、お園はとうに亡くなり、自分も苦労をしながら所帯を持ったが、妻は息子を産んですぐこの世を去り、男手一つで子供を育ててきた。

ところがそんな自分も肺を病み、余命いくばくもないという。父が死ねば幼い子供は一人になってしまう。

そこで、藁にも縋る思いで春野家を訪ねたのだった。

かつて同じ家で育ったとはいえ、二十年近く疎遠だった。政隆の周りの人々は、弟を騙る偽者かもしれないと忠告したが、何か確たる証拠でもあったのか、政隆はすんなりと男を弟だと認めた。

すぐさま弟を、地方の療養所に送ったという。そこは空気の綺麗な高原にある、有名なサナトリウム病院で、手厚い看護をされたはずだが、弟は療養を始めてからひと月も経たないうちに亡くなってしまった。

春野家に来た時にはすでに、身体が弱り切っていたからだとか、いや、冷血伯爵のことだから、完全看護のサナトリウムに送ったふりをして、実は座敷牢《ろう》に入れていたのだ、という噂が立った。

「座敷牢?」

黙ってチヨの話を聞いていた龍郎はつい、聞き返してしまった。チヨは周りをはばかるように声をひそめ、

「大きなお屋敷には、そういうものがあるらしいのよ。いまだに。自分の母親を苦しめた、お園の子と孫だもの。療養なんてさせずに、牢屋に閉じ込めてたんじゃないかしら。昼でも日の差さない、じめじめとした真っ暗な地下の座敷牢に。ネズミが這《は》いまわり、弱った弟はネズミに齧《かじ》られる恐怖におびえ……いえ、これはあくまで噂ですけどね」

龍郎は老女の話の迫力に、ごくっと息を呑んだ。

真偽のほどはともかく、弟が助けを求めて早々に亡くなったのは確かだ。

さて、ここで問題になるのが弟が連れてきた息子、珠希の処遇である。

幼い珠希はそれまで父親に付いて、療養所でも共に過ごしてきたという。

政隆は弟の葬式の際に少し顔を合わせたきり、やはり甥とまともに顔を合わせることがなく、祖父が他界して以来、空き家になっていた隠居屋に甥を住まわせることを決めた。直《ただ》ちに家のことをする女中と子守りを雇い、まだ父親の死も受け入れられない甥を春野家の本宅から追い出した。

それきり、珠希のことは他人任せで、今日に至るまで政隆が珠希を顧みることは一度もないという。

「凜太と同じ年なのに。可哀そうですね」

チヨの話を聞き、龍郎はつい涙ぐんでしまった。顔も知らない珠希という子供が、気の毒だったからだ。

独り取り残され、どれほど心細かっただろう。いや、今でも孤独は続いているのだ。

衣食住が足りているとはいえ、きっと独りぼっちで不安なままだろう。

「ということは、イトさんは子守りなんですね」

台所からでもイトの高いびきが聞こえる。少し非難する口調になってしまったが、チヨは困ったように「いいえ」と首を横に振った。

「最初は若い子守りの娘がいたの。イトさんは、私の代わりに入ったんだけどね」

チヨはもともと隣県に住んでいたが、春野家の使用人と縁続きだったので雇われたそうだ。同じような縁故で、若い娘が子守りに雇われた。

これが常ならば、春野家に上がる人間はもう少し、精査して雇われるようである。しかし、政隆の弟が現れたのは突然だったし、あっという間に亡くなってしまった。何もかも急な話だったのだ。

急ぎ雇われたチヨだったが、高齢に加えて隠居屋に入ってすぐ、腰を痛めてしまった。

これでは家のこともままならない、ということで、また新たに人が雇い入れられた。それがイトである。

「先代の弟様、今の旦那様の叔父《おじ》様からの伝手《つて》らしいのだけど、あの通りでしょう」

困り顔をしながら、それでもチヨの口調はのんびりしている。人の悪口は言わない信条なのか、はっきりとは言わなかったが、イトは最初からあんな感じで偉そうだったようだ。

子守りの娘とぶつかって、娘の方が辞めてしまった。それでまたもや急遽、子守りの求人が出されたというわけだ。

「あの人を辞めさせるわけには、いかないいんですか」

いびきのする方を窺《うかが》いつつ、声をひそめて言ってみる。凜太のことをごく潰しと言っていたが、イトの方がごく潰しではないか。

「それがねえ。繁盛《しげもり》様……旦那様の叔父様のことだけど、あの方のご紹介でしょ。私の孫が繁盛様のところで働いてるのよ。下手に告げ口でもして何かあったら、ねえ」

春野繁盛は先代の死後、幼い政隆の後見人となっていた人物で、彼も手広く事業を行う実業家だそうだ。

チヨも余計な口を出して、自分の身内に火の粉がかかると困る、ということだろう。

「そんなわけだから、仲良くやってちょうだい」

そう言われても、向こうは初対面からあんな調子だ。それでもここで生きていくためには、どうにかうまく合わせるしかないのだろう。

女装がバレないかということだけでも気が重いのに、他にも心労の原因になりそうなことがいろいろある。

龍郎は芋のしっぽを飲み込みながら、不安な気持ちになった。

チヨから一通り家のことを教わった後、龍郎は凜太と一緒に珠希を探すことにした。と言っても、大きな声で呼ぶとイトに難癖を付けられそうだ。

「珠希様。いらっしゃいませんか」

小さな声で囁くように声をかけながら、家の中をあちこち探して回った。どの部屋にも子供の姿は見当たらない。

龍郎と凜太は庭に下りて珠希を探した。隠居屋は広いと言っても、お城というわけではない。濡《ぬ》れ縁を下りれば、ぐるりと庭が一望できる。しかし、珠希の姿は見当たらなかった。

植木の後ろや洗濯物のかかった物干しの陰も見たが、やっぱりいない。

「まさか、外に出ちゃったのかな」

幼い子がうろうろして、人さらいにでもあっていたらどうしよう。

外に探しに行こうとして、凜太を連れて行くべきか迷っていた時、黙って龍郎の後ろをついていた凜太が、「あ」と声を上げた。

「だれか泣いてる」

弟の言葉に驚いて、龍郎は耳を澄ました。イトのいびきの合間に、微《かす》かに誰かの嗚咽《おえつ》が聞こえた気がした。

「どこだろう」

「あっち」

凜太の方が耳がいいようだ。先に立ち、タタッと小走りに駆けていく。

向かったのは、珠希の部屋の前だった。凜太はそこで縁側に上がるのではなく、しゃがみこんで縁の下を覗く。

「えっ、そんなところに？」

龍郎も追いついて縁の下を覗いた。大人ならば這いずって入らなければならないような、狭い縁の下に、確かに小さな子供がしゃがみ込んでいた。

「う……えっ」

子供は顔を伏せ、嗚咽を漏らして泣いていた。

「珠希様」

呼びかけると、びくっと小さな背中が震える。怯えたようにいざって奥へ行こうとするので、龍郎は慌てた。

「たまき、さま」

その時、凜太が兄の真似《まね》をして呼んだ。幼い声に、縁の下の子はぴたりと止まる。

「たまきさま、ないてるの？」

「……だれ？」

ぐすっと鼻を鳴らしながら、か細い声が上がった。

「りんた！」

「俺……私は風子、凜太の姉です。新しい子守りですよ」

凜太がごく端的に答え、龍郎が言葉を添える。子守りと聞いて、子供は顔を上げたようだった。奥が暗いので、顔がよく見えない。

「ねえや？」

「そう、姉やです。あなたは珠希様でしょう？　ご挨拶したいので、出てきてくれませんか」

なるべく怯えさせないように、優しい声で言ってみる。しかし、珠希はなかなか出てきてくれない。

「凜太、中に入れるか」

龍郎だと、這いつくばらねばならない。凜太を見ると、弟はこくっとうなずいた。

しゃがんだまま、奥へいざって行く。珠希の怯えたような嗚咽が聞こえたが、凜太が近づいても逃げることはなかった。

「ねえちゃんのとこ、いこ」

凜太はそれだけ言い置いて、くるりと方向を変えた。そのまま戻ってくる。もう少し珠希の手を引いたりしてくれるのかと思ったが、わりと素っ気ない。

だがやがて凜太の後ろから、珠希がおずおずと付いてきた。小さな子供が二人、ずりずりといざりながら縁の下から顔を出す。

「ありがと、凜太」

「んっ」

頭をぐりぐり撫でると、凜太は嬉《うれ》しそうにした。

さて、と珠希に向き直る。小さな身体がびくっと震えるのを見て、龍郎は怯えさせないよう、その場にしゃがみ込んだ。

「初めまして、珠希様。姉やの風子です」

明るい日の下で見る珠希は、まつ毛が長くてきらきらした瞳の、可愛らしい男の子だった。

ふわふわのくせっ毛が肩まで伸びているのは、誰も切る人がいないからだろう。それだけ放っておかれたのだ。

「顔が汚れてる」

縁の下にいて、汚れた手で顔を擦ったからだろう。顔にあちこち泥が付いていた。

龍郎は手拭《てぬぐ》いを懐から取り出す。いつも凜太が手や顔を汚すので、持ち歩いているのだ。その手拭いで、怖がらせないように優しく珠希の顔を拭いてやった。

「さあ、綺麗になった。珠希様は、可愛いお顔をしてますね」

微笑むと、つぶらな瞳が大きく開かれる。かと思うと、たちまちその目が潤《うる》んだ。

「うぅっ」

小さな口が、嗚咽をこらえるようにへの字に結ばれるのを見て、龍郎は反射的に手を広げた。いつも凜太にそうしているからだ。

珠希は迷わず、龍郎の胸に飛び込んだ。ぎゅうっとしがみつき、わあっと声を上げて泣き出す。龍郎は小さな身体を抱きしめ、あやすように背中をさすった。

「どうして、縁の下で泣いていたんです?」

問いかけると、珠希はしゃくりあげながら「叱られるから」と言った。泣いていると叱られる、ということだろう。

「泣きたいことがあったんですね。どこか痛みますか？　怪我をしたとか」

腕の中で、小さな頭を横に振る。またひとしきり嗚咽を漏らした後、

「おいも、イトに食べられちゃったの。チヨがお三時にって、くれたのに」

どこか具合が悪くなって泣いていたのではなさそうだ。少し安心したが、かわりにイトに対する怒りが込み上げてきた。

こんな小さな子供のおやつを奪うなんて。理不尽《りふじん》な仕打ちをされて、この子はどれほど悲しかっただろう。

「可哀そうに。一人で我慢してたんですね。もう大丈夫ですよ。これからは私たちがいます。一人じゃなくて三人だから、もう寂しくないですよ」

珠希の背中を何度も撫でた。珠希も泣きながら、龍郎を離すまいとしがみつく。

「りんたも」

羨《うらや》ましくなったのか、凜太もぽすっと抱きついてきた。龍郎は二人を抱きしめた。

子供たちを守りたい。もうつらい思いをさせたくない。

(俺が頑張らなきゃ)

龍郎は心の中で、そう決意した。

覚悟していた通り、奉公先での生活は目が回るほど忙しかった。

朝、暗いうちから誰よりも早く起きて、洗濯や掃除をはじめ、かまどに火を起こす。

広い家では掃除はもちろん、朝に重い雨戸を開けて回るのも一仕事だ。

子守りの範疇でないことも、できることは率先して何でもやった。

イトは案の定、仕事らしい仕事をほとんどしなかった。

龍郎に対してまるで、女中頭《がしら》のように振る舞い、あれこれ指示や難癖をつけるのに、自分では何もしない。

朝一番に家の前の掃除をして、それで自分の仕事は済んだ、というように自分の部屋で寝転がったり、かと思えば、ふらりと断りもなくどこかへ出かけていったりする。

もっとも、イトがいない方が彼女に嫌味を言われたりや意地悪をされずにすむのでほっとした。

龍郎が来るまで、家のことはほとんどすべて、足腰の不自由なチヨがやっていたらしい。

子守りにまで手が回らないのは当然で、それをチヨはイトに任せていたらしいが、イトはろくに珠希の世話もせず、それどころかチヨの目を盗んでおやつを奪ったり、ひどい時には珠希の食事を食べてしまったりしていたようだ。

これまで珠希は、奉公人であるチヨやイトとは別々に食事をしていた。

イトの世話を受けながら食べることになっていたのだが、そう言いながらイトは、珠希が幼くて他の大人の目がないのをいいことに、世話をするどころか食事を奪ったり、いじめたりしていたのだ。

縁の下から出てきた珠希からこれまでの処遇を聞いた龍郎は、すぐにチヨのところへ行って、珠希と一緒に食事をさせてほしいと頼んだ。

主人の考えで、主人も奉公人も家の者がみんな一緒に食事をする家だってある。それにどうせこの家では、主人と奉公人なんて建前なのだ。食べるものだって、チヨもイトも主人である珠希と同じものを食べている。

珠希と一緒に自分と凜太も食事をすれば、珠希も凜太も寂しい思いをしなくてすむし、イトに萎縮《いしゅく》することもない。

珠希がイトにいじめられていた事実も告げて、チヨに真剣に頼み込んだ。

「そうね。坊ちゃまに何か間違いがあっても困るし」

状況を理解していないのかそれともとぼけているのか、チヨは相変わらず、のんびりした口調で言った。

「はい。私が珠希様の面倒をよく見ますので。イトさんとはなるべく離した方がいいと思います」

イトのいじめは今のところ、口撃と食べ物を奪うくらいのものだが、そのうち体罰に及ぶかもしれない。

「もし珠希様に怪我などさせて、それが旦那様に知られたりしたら……大事《おおごと》になるんじゃないでしょうか」

チヨは自分に火の粉がかかることを何より恐れているようだから、そんなふうに脅かしてみた。案の定、チヨはひどく困った顔になった。

「そんなことになったら、困るわね。風子さん、珠希様から目を離さないでね」

目を離さないでいるべきはイトなのだが、とにかく珠希を守れということだろう。言われなくてもそうする。

でも表向きは従順に、「はい」とうなずいた。

それからこの家で働き始め、チヨがやっていた仕事もできる限り龍郎がやった。

かなり頼りないが、それでもこの家の裁量権を持っているのはチヨである。月に二度、本宅に必要なお金をもらいに行くのも彼女だ。

チヨを味方に付けておくべきだと考え、彼女の役に立つように先回りして働いたのである。

おかげでチヨも、「風子さんが来てくれて助かったわ」と、喜んでいた。

龍郎はイトに対しても、なるべく従順に、下手《したて》に出るように振る舞っていた。何も力を持たない身で、敵を作ってもいいことはない。

食べ物に尋常ではないほど執着があるとわかったので、言われる前から飯を多めに盛ったり、おやつを半分隠しておいて、さもたくさん差し出したかのように振る舞った。

「ふん。わかってるじゃないの」

よかったら私の分もどうぞ、と、龍郎が差し出した芋をひったくり、ガツガツと貪《むさぼ》るのを見て、うすら寒いものを覚えることがあった。

それでも彼女のご機嫌を取っておけば、ただちに子供へ危害が及ぶこともないだろう。

珠希は出会った初日こそ、まだ龍郎と凜太に怯えていたが、翌日にはもうすっかり凜太とも仲良くなり、龍郎にも懐いてくれた。

しかし、凜太もそうだが、珠希も親を失って寄る辺《べ》ない生活をしていたせいか、この年頃の子にしてはとても静かだ。

凜太をいじめていた隣の男の子たちなんか、毎日朝から晩まで大きな声で騒ぎ回って、バタバタうるさかったのに。

でも、珠希と凜太はひっそりしている。庭で遊ぶ時も声をひそめ、笑う時は二人で顔を見合わせ、口を押さえてふふっと笑っていた。

それが少し気の毒で、でもそうしてひっそり生きていた方が、誰からも目をつけられずに済むのかもしれないとも思う。

龍郎はそうやって、周りの様子を見ながら慎重に動いた。

まだ、男と怪しまれる気配はない。チヨとイトが他人に興味がないのか、それとも龍郎が自分でも思っているより女らしかったのかはわからない。

理由はともかく、案外バレないもんだな、とホッとしていたのだが、奉公に上がって半月ほど経った頃、ひやりとする場面があった。

夜、子供たちと三人で風呂に入っていた時のことだ。

「珠希様、凜太、お湯に浸《つ》かったら十数えましょうね」

子供たちの身体と頭を洗うと、龍郎もさっと自分を洗い、二人を抱いて風呂に入る。

一番風呂なんて、本当なら下っ端の女中に許されないところだが、それはそれだ。

珠希を入れるついでに、いつもちゃっかり三人で入っていた。

イトは気づいていないようだし、チヨも気づかないのか見て見ぬふりをしてくれているのか、何も言わない。

元お殿様の隠居屋だけあって、風呂も立派だ。大きめの五右衛門《ごえもん》風呂にも子供と三人で難なく浸かることができた。

「たまさまがじゅうで、りんたもじゅう、かぞえるの」

凜太が得意げに言うので、「そうだね」とうなずいた。凜太は珠希のことを、「たまさま」と呼ぶ。兄に倣《なら》って「珠希様」と呼ぼうとするのだが、言いにくいのだろう。

「いーち、にーい、さーん、しー」

珠希が真剣な顔で十数え、それを引き取って今度は凜太が十数える。最後に三人でもう十数えてから上がるのが、毎日の習慣だった。

「二人ともよく数えられました」

言って、二人を順に風呂の外に出す。自分も風呂から上がった、その時だった。ドスドスと大きな足音が聞こえ、脱衣所の方で何か音がしたかと思うと、前触れもなくがらりと風呂場の戸が開いた。

「いつまで風呂に入れてんだい。後の人が入れないじゃないか！」

イトだった。中にいた三人は文字通り飛び上がる。

いつも、イトは風呂に入るのも面倒がるのに、今日に限っては早く入りたかったのか。

イトは全裸で手拭いを肩にかけ、前を隠しもしない。

「あっ、なっ……なんですか、急に」

龍郎は突然の出来事に、急いでイトから目をそむけ、しゃがみこんだ。入浴の際はいつも清潔な腰巻をつけて入るようにしていたので、まだ助かった。

しかしイトはこんな時だけ目ざとく、じろりと龍郎を睨みつける。

「あんたまさか、腰巻のまま風呂に入ったんじゃないだろうね」

そのまさかなのだが、どうにか平静を取り戻し、とぼけることができた。

「下着のまま入るなんて、そんなことしませんよ！　相手がお小さいとはいえ、裸になるのははしたないと思いまして」

「へっ、何がはしたないだ。気取りやがって」

「あの、もう上がりますので」

怯えたように硬直する珠希と凜太を連れて、そそくさと風呂を出る。イトの脇をすり抜ける際、強い酒の匂いがした。

この家には料理用の酒くらいしか置いてないのに、どこでそんなに飲んだのだろう。

子供たちを股間の衝立《ついたて》代わりに、真っ平《まったいら》な胸板をかばうようにしてすり抜け、ちらりとイトを振り返る。

酒で濁った眼が陰気にこちらを睨んでいて、ぎくりとした。

男だと気づかれただろうか。しかし、イトの目は真っ平な龍郎の胸元に注がれており、目が合うと馬鹿にしたように笑われた。

「洗濯板に鳥の足付けたみたいだね。それじゃ男は釣れないよ」

なんだか負けたような気がして悔しいが、男なのだから、胸がないのは仕方がない。

脱衣所に出ると、急いで子供たちの身体を拭き、イトがまた不意に出てこないかとひやひやしながら寝間着を着た。

「びっくりした」

「ね。こわい」

子供たちも怯えていないだろうかと心配したが、ヒソヒソ囁き合う表情は、どこか面白がるようで怖がってはいない様子だった。

風呂から上がると、珠希の部屋の布団を敷いて子供たちを寝かせる。

珠希が一緒に寝たがるので、子供たちを寝かせた後、後で凜太を抱いて運ぶのだ。

「ねえやもりんたも、朝までここにいればいいのに」

寝ている間にいなくなるので、珠希は毎晩のようにそう言う。

「奉公人とは一緒に寝られないいんですよ」

と言えば、どうして、なんで、と聞かれるので、説明に困ってしまう。

「そういう決まりなんです。さあ、ねんねしましょう。今日は何のお話をしましょうかね」

凜太には、龍郎の羽織を掛けてやった。寝る前にはだいたい、何か話を聞かせてやることが多い。

凜太は「さるかに合戦」が好きで、何度もねだる。珠希は「灰かぶり姫」がお気に入りだった。

「ねえや」

珠希は布団の中から顔を半分だし、ちょっと真剣な声を上げた。なんだろう、と見つめ返すと、「あのね」と、好奇心と不安のない交ぜになった瞳がこちらを見つめた。

「あのね。ねえやにちんちんが付いてるのは、みんなにないしょなの?」

「…………」

絶句した。いや、毎日風呂に入って着替えているのだから、どこかで見られているかもしれないとは思っていたけれども。

珠希が子供で、そして何も言わないから油断していた。珠希だって、ちゃんと気づいていたのだ。

「あの、それは……」

どう言ったものか。迷っていると、龍郎と珠希の間にいた凜太が「そうだよ」と、あっさりうなずいた。

「ねえちゃんのちんちんは、しーっ、なの」

「ちんちんしーっ？」

「こ、こら、二人とも」

龍郎は焦った。こんな会話、チヨやイトに聞かれたらどうしよう。

「その話はしちゃだめです。私の身体の話は、絶対にしないこと。もし誰かに知られたら、私たちはここから追い出されてしまいます。珠希様とも離れ離れになるんですよ」

「そんなのやだ。たまさまとはなれるの、や」

凜太が言い、珠希も青ざめて自分の口を押さえた。

「ぼっ、ぼく、言わない。ねえやとりんたと一緒がいい」

二人の必死さが可哀そうで、申し訳なくなる。でも、こうでも言わなくては、龍郎たちの身が危ういのだ。

「はい。絶対に言わないでくださいね。凛太も」

子供たちはこくこくうなずき、三人で指切りげんまんをした。

真剣な二人の顔を見ると、事の重大さは理解しているのだと思う。でも、油断はできなかった。幼い子供のことだ。いつぽろりと口にしてしまうかわからない。

綱渡りの状態は、今も続いているのだった。


珠希の子守りになって、ひと月が経った。

チヨから給金を受け取った龍郎は、午後の半日だけ暇をもらい、一人で外出することにした。

凛太を連れて行くと、珠希が一人になる。午前中に家の用事はぜんぶ済ませるつもりだし、チヨにもよくよく頼んだが、彼女がどこまで珠希の面倒を見てくれるかわからない。イトに頼みごとをするなど、言語道断だ。

幼い子供二人を置いていくことに不安はあったが、今日は方々へ回るので、子供を連れてはむずかしかった。

龍郎はまだ、帝都のことをよく知らない。万が一、自分の正体が知られて追い出された場合、仕事や住む場所をすぐに確保しなくてはならない。今のうちからよく偵察しておく必要があった。

それにほとんど身一つで来たから、買い足したいものもある。

「二人とも、夕方まで家でお留守番をしていること。私がいない間は、大人《おとな》しくじっとしてるように」

イトの目について、難癖を付けられないように、前の日から何度も言い聞かせた。

「ねえや、もう、帰ってこないの？」

あんまり何度も言うから、不安になったのかもしれない。朝食の時、珠希が目を潤ませて言い、それを聞いた凜太がひゅっと息を呑んだ。

「ねえちゃ、やだ……。りんた、おいてかないで」

龍郎は大急ぎで箸《はし》を置き、二人を抱きしめた。

「まさか！　夕方には帰ってくるよ。すぐ、絶対に帰ってきます」

あやして言い聞かせ、ようやく落ち着いたが、二人はなおも不安なようだった。朝食後の家事の合間も、龍郎の後をぴったり付いて離れない。

早めのお昼を食べさせ、出かける準備を済ませると、チヨに「ちょっと出かけてきます」と、挨拶をした。イトは昼ご飯を食べるとすぐ、ふらりとどこかに出かけてしまった。

「早めに帰ってきてちょうだいね。子供二人を見るのは骨が折れるわ」

居間で茶を飲みながら、チヨが言う。これでは誰が主人かわからない。龍郎がみずから仕事を買ってでたせいか、この頃はチヨも仕事をサボりがちだった。

内心でため息をつきつつ、よろしくお願いしますと頭を下げる。子供たちはとことこと、玄関まで龍郎についてきた。二人でぎゅっと手を握り合っている。

「夕方には絶対に帰ってくるから、それまで二人でいい子にしていること。お土産《みやげ》を買ってくるから、楽しみにしててね」

「んっ」

「ねえや。早く帰ってきて」

お土産で気を逸《そ》らそうとしたものの、それより何より、龍郎が帰ってくるかどうかに気を取られている。それだけ子供たちの不安は大きいのだ。

(できるだけ早く帰ってこよう)

二人の頭を撫でると、目を潤ませる子供たちに龍郎は後ろ髪を引かれながら、風呂敷包みを抱えて足早に家を出た。

火の見櫓へ一目散《いちもくさん》に向かうと、辺りに人がいないのを確かめてから、お稲荷さんとの間の物陰に飛び込んだ。

手早く帯を解くと、風呂敷に包んでいた男物の着物に着替えた。

出かけるにあたって、服装をどうしようか考えた。今度はちゃんと、男として仕事や住む場所を探さなければならない。女装のままでは都合が悪いので、外で男の恰好に戻ることにしたのだ。

手早く着替えると、女物の着物を風呂敷に包み、お稲荷さんの社の裏に隠した。罰《ばち》当たりかもしれないが、目をつぶってもらおう。

「お稲荷さん、すみません」

手を合わせて拝み、ついでに子供たちの安全も祈っておいた。髪を総髪に結うと、再び辺りを確認し、路面電車の線路のある方へ向かった。

今日はあの、親切な男はいない。近くに停留所もなく焦ったが、ちょうど前を歩く人が手を上げて電車を止めて乗り込むのを見て、龍郎もこれ幸いと後に続いた。

路面電車で帝都を西から東へ横断し、向かったのは下町だ。仕事をするにも便利で、家賃の安い住処《すみか》を探すなら、まず下町だろうと考えたのだ。

有名なお寺の仲見世《なかみせ》通りを通ると、人の多さと活気に圧倒された。

(凜太と珠希様も連れてきたかったな)

仲見世通りには、たくさんの店が軒を連ねている。美味《おい》しそうなお菓子も売っていて、二人が見たらさぞかし喜ぶだろう。

そんなことを考えてから、珠希のことを考えて胸が痛んだ。

(俺たちがいなくなったら、珠希様はどうなるんだろう)

縁の下で一人、うずくまって泣いていた子供の姿を思い出し、悲しくなる。

今のまま、女装をするという綱渡りの状態でこの先も奉公を続けるのは、きっとむずかしい。何とか次を考えねばならないが、そうなると珠希を置いていくことになる。

春野政隆という人は、珠希についてどう考えているのだろう。

本宅に住まわせず、隠居屋で他人に世話をさせるあたり、快く思っていないことは推測できる。

正妻だった政隆の母は、珠希の父や祖母を憎んでいたという。母を悲しませた異母弟の子を、大切に思うことなどできないのだろう。

しかし、ひっそりと生きる珠希を見ていると、この子に罪はないのにとやるせなくなる。

ほんのひと月だが、珠希にすっかり情が移っていた。他人の子供に構っている余裕などないのだけど、それでも放っておけないと思う。

どうすればいいのか。龍郎は真剣に考え込み、いつの間にか周りへの注意がおろそかになっていたようだ。

「危ない！」

すぐ背後で鋭い声がかかり、肩を摑まれぐいと引かれた。目の前を、人力車が勢いよく通り過ぎる。

遠ざかる人力車を見送って、ようやく背後の誰かに助けられたのだと気がついた。間一髪、危ないところだった。

でも以前も、こんなことがあった気がする。

「ありがとうございました……あっ」

振り返り、声を上げる。龍郎を助けた相手も、驚いた顔をしていた。

「君は……」

その顔は忘れもしない、ひと月前、汽車の停車場で龍郎たちを助けてくれた男だった。

「停車場にいた子か。この広い帝都で、よくよく縁があるんだな」

男は今日も洋装で、鼠色《ねずみいろ》の三つ揃えに中折れ帽をかぶっていた。そして相変わらず、惚《ほ》れ惚《ぼ》れするような男ぶりだ。

役者のような派手な華やかさではないけれど、凛々《りり》しく端整な面差《おもざ》しと逞しい体軀《たいく》が、行きかう人の目を引いている。

龍郎はその美貌《びぼう》につい見とれてから、我に返って礼を言った。

「あの、ありがとうございます。一度ならず二度までも」

ぺこぺこと頭を下げる。男はくすっと笑いを漏らした。

「子供が前も見ずにぼんやり歩いていて、どこかで見た後ろ姿だと思ったんだ」

「俺、子供じゃありません」

言い返すと、おかしそうに口を開けて笑う。厳めしい顔が和んで、どぎまぎした。

「奉公先はどうした。今日は一人か？」

「今日は半日、お暇をいただいたんです。遠出をするので、弟は留守番です」

「そうか。元気でやってるならいい。それにしても、ちょうどいいところで会った。君、ちょっと付き合えよ」

「ええっ？　付き合うって、どこへ」

暇なわけではないのだが。戸惑う龍郎をよそに、男は「いいから」と、先に立って歩き出す。わりと強引な男だ。

龍郎がそんなことを内心でぼやくと、まるで心を読んだように男が振り返り、にやっと笑った。

「二度も命を助けてやったんだ。付いてこい」


男が向かったのは、一軒の甘味処だった。人気の店らしく、繁盛している。

「甘味は好きか」

店の軒先に貼られた「元祖ぜんざい」という貼り紙を睨みながら、男が言う。

「は、はい。大好きです」

「ならいい。入ろう」

悠然とした足取りで店の中に入る。運よく席が空いていた。座敷に上がり、男は窮屈そうに長い足を折ってあぐらをかく。

男は店の者に「ぜんざい二つ」と、頼んでから、

「ここはぜんざいが有名なんだ」

と、龍郎に向かって言った。

「一度食べてみたいと思っていたんだが、男一人で甘い物を食うのは気が引けてな」

近くに来たものの、どうしたものかと思案していたという。それで龍郎を道連れにしたというわけだ。

ほどなくして、大ぶりの椀に入ったぜんざいが二つ、運ばれてきた。

この店のぜんざいは普通の白い餅ではなく、餅きびを使っていた。黄色っぽく粒が残る粗いきび餅の塊《かたまり》の上に、ねっとりとした熱々のこしあんが乗っている。

蓋《ふた》を開けて現れたぜんざいに、龍郎は「わあ」と声を上げる。

「ほう。美味《うま》そうだ」

男も目を輝かせていた。厳つい大人の男なのに、ちょっと可愛らしい。

きび餅は普通の餅に比べて粘りが少なく、箸でつまむとぶつっと切れる。熱いあんを乗せてふーふー冷ましながら一口食べた。

きび餅の独特の香ばしさと、こしあんの滑《なめ》らかで上品な甘みが口の中いっぱいに広がる。

「美味しい」

あんこを食べたのなんて、いつ以来だろう。考えて、そういえば凜太にはまだ一度も、あんこを食べさせてやったことがないと気がついた。

凜太が生まれてからずっと貧乏暮らしで、お菓子などろくに買えなかった。龍郎は恵まれた子供時代を過ごしたが、凜太は我慢ばかりだ。

今も珠希と二人、身を寄せ合って留守番をしているのだろう。そう思うと、一人で美味しい物を食べているのが申し訳なくなる。

「何か悩みごとか」

不意に、向かいから男が問いかけてきた。龍郎が一口二口と食べる間に、男はすでにぜんざいを食べ終えていた。椀を置くなり、ぜんざいのお替わりを頼んでいる。

「お前も食えるなら、何杯でも食べていいぞ」

「あ、ありがとうございます」

「さっきも何か、歩きながら悩ましい顔をしていたな」

なおも水を向けるので、どこまで話したものか迷った。同じお屋敷町に住んでいるのだから、詳しい話をすると奉公先が知られてしまう。龍郎が女中として働いていると知ったら、この男はどうするだろう。

それに話したところで、この男が助けてくれるというわけでもない。そこまで考えて、龍郎は当たり障りのないことだけを打ち明けるにとどめた。

「……もしかしたら、今の奉公先はすぐ暇を出されるかもしれないんです。俺は、本来なら働く資格がないのに、無理に働かせてもらっているので。でも暇を出されても帰る家もないので、今のうちに土地勘を付けて、新しい仕事と住む場所のあたりをつけておこうと思いまして」

「親や親戚はいないのか」

二杯目のぜんざいを豪快に食べながら、男は尋ねる。龍郎は、両親を亡くしたこと、子守りを頼んでいた家で、弟がいじめられていたことを打ち明けた。

「うちは二親《ふたおや》とも家族も早くに亡くなっていて、近しい親戚もいません」

「そうか。大変だな。……ぜんざいのお替わりは。遠慮は無用だぞ」

空《から》になった龍郎の椀を見て、すかさずお替わりを勧める。お腹がいっぱいになったので断った。

「この界隈に、何かあてがあるのか」

「いえ、特には。でも人も多くてにぎわっていますし、屋台か何か、物売りをするのにもいいんじゃないかと思って」

行商なら元手も少なくてすむし、凜太を連れて働ける。郷里では人も少なくてさして稼げるものではないが、この下町の活気なら商いを始められるのではないかと思った。

「甘いな。物を売るのも、そう簡単じゃないぞ」

はっきり言われて、返事に窮した。

「簡単じゃないのはわかってます。でも、生きて行かなきゃならない。なんだってやらなきゃいけないいんです」

頼れる人もいない帝都で、幼い弟と二人。どれほど困難だろうが、食べて行かねばならないのだ。

「だが行商はやめとけ。お前に向いてない。ぼやっとして車に轢《ひ》かれるか、誰かに騙されて借金を背負わされるのがオチだ」

「な……」

親切だと思ったが、失礼な男だ。「お前」などと馴《な》れ馴れしい呼び方になっているし。いったい、二度ほど顔を合わせただけの男に、龍郎の何がわかるというのだろう。

ムッとして睨むと、男は唇の端を歪《ゆが》めて笑った。先ほど再会した時の笑顔とはまったく印象の異なる、冷たく悪辣《あくらつ》な表情だ。

「他人に何がわかる、という顔だな。お前のことは知らんが、商いに向かない男だということは、少し話せばわかる。お前はお人よしで押しに弱い。そういう人間がうかつに商売に手を出すと、必ず失敗する」

淀《よど》みなく切り込まれて、返す言葉が見つからなかった。

確かに自分は押しに弱い。現に今も、よく知りもしない男に流されるまま、ぜんざいなど食べている。

「でも……」

ならば、どう生きていけと言うのか。口を出すのは簡単だ。でも当事者は龍郎で、他人がどう言おうと龍郎は何かをして弟を育てなければならない。

「ご忠告ありがとうございます。でもこれは、俺自身のことですから」

余計な口を挟まないでほしい。皆まで口にはしないが、そういう気持ちを込めて相手を睨んだ。ただでさえ不安でいっぱいなのに、他人の言葉に振り回されたくない。

「ぜんざい、おいくらですか」

こういう自分勝手に物を言う手合いとは、さっさと別れよう。そう考えて懐に手を入れると、男はわずかに目を瞠った。

「意外と気が強いんだな」

その口調が冗談めかしたような、とぼけた口調だったので、龍郎はますます立腹する。

だがこちらが口を開く前に、男は「金はいい」と、龍郎を制した。

「こっちが無理を言ったんだ。もちろん奢《おご》るさ。お替わりはいいか？　なら、もう出よう」

口早に言うと、さっさと勘定をすませて店を出る。そこで別れるのかと思いきや、

「あと、もう少し付き合え」

と言ってまた、先を歩き始めた。本当に強引な男だ。

それでも「いやです」と言って別れられないあたり、やはり自分は押しに弱い人間なのだろう。

必ず失敗する、という男の言葉を思い出して気が沈む。

しかし当の男はというと、先ほどのやり取りなど忘れたように、通りにある店を覗いたりしている。

菓子屋を見つけると、男はそこで菓子をいくつか購入した。

「お前にもやる」

言って、龍郎の手に菓子を乗せる。キャラメルの小箱と、金平糖《こんぺいとう》の瓶だ。自分はキャラメルの小箱を一つ、尻のポケットに入れた。

それから懐を探り、取り出した名刺入れの中から一枚を選ぶと、それも龍郎に渡した。

硬い真っ白な紙片には、『佐枝実』という名前と、住所が印刷されている。これは男の名刺だろうか。名前と住所だけで、他に身分を示すものは書かれていない。

「さえぐさみのる。もし今の奉公先をクビになったら、ここにある連絡先を訪ねるといい。まあ、悪いようにはならんだろう」

龍郎は、驚いて男を見上げた。

「どうして……」

見ず知らずの自分に、ここまで親切にしてくれるのだろう。言葉もなく相手を見つめていると、男は凜々しい眉をわずかに下げ、口元に微笑を浮かべた。

「俺にも、お前の弟と同じ年頃の子がいるんだ。わけあって、一緒に暮らしていないんだが。父も早くに亡くなって、母ももういない。俺も親から受け継いだ財産がなければ、お前と同じ境遇だったかもしれないと思ってな」

だから親切にしてくれるという。たかだか、二度ほど顔を合わせただけの龍郎に。

「あの、ありが……」

礼を言おうとすると、男は逃げるようにふいっと顔をそむけた。

「まあそれに、ぜんざいに付き合ってもらったからな」

早口に言う。改まって礼を言われるのが、照れ臭いのだろうか。

今まで真っすぐ龍郎の顔を見ていたのに、こちらを見ようともしない。精悍《せいかん》な頰に薄《うっす》らと赤みがかかっているのに気づき、やはり照れているのだとわかった。

「じゃあ、またな。幼い子を抱えての奉公は大変だろうが、子はそのうち育つ。頑張れ」

最後にこちらを振り返り、くしゃりと頭を撫でた。乱暴な手つきに龍郎が顔をしかめている間に、男は背を向けて歩き出す。

その背中に向けて、龍郎は叫んだ。

「ありがとうございました！」

雑踏に紛れていく男が、背を向けたまま軽く手を上げるのが見えた。

ぜんざいを食べている間に時間が経ってしまい、龍郎は結局、その日は下町の視察が大してはかどらないまま、隠居屋に戻ることになった。

しかし、収穫としては十分だろう。男から名刺をもらった。佐枝実という人がどんな人物かわからないが、いざとなれば頼れる人がいる、というのが心強かった。

（凜太たち、喜ぶかな）

火の見櫓の陰で女物の服に着替え、髪をおさげに結うと、足が自然と速くなる。

風呂敷の中に、金平糖の瓶とキャラメルの箱があった。男に買ってもらったものだ。ここではおやつと言ったら、ふかし芋がせいぜいで、水菓子だって滅多に出てこない。甘いお菓子のお土産を、凜太と珠希はきっと喜んでくれるはずだ。

ふとした拍子に、男の照れくさそうな顔が頭に浮かぶ。強引だし時に嫌なことも言うけれど、優しい人だった。

（政隆様も、あの人の十分の一でも優しい心があればいいのにな）

そうすれば、珠希は隠居屋で孤独に耐え、女中からいじめられることもないのに。

珠希の父が政隆を頼り、政隆がそれを受け入れなければ、親子はどこかで野垂れ死にしていたかもしれない。そうでなくても、珠希は今も食うや食わずの生活を続けていただろう。それを思えば、今の生活以上のものを望むのは贅沢だ。食べられるだけでよしとしなければならない。

でも、幼い子供が息をひそめて暮らしているのを見ると、どうにかならないかと思ってしまうのだ。

自分と弟のこともままならないのに、思い上がった考えだということも自覚しているが。

「じゃあ、給金をぜんぶ、あの小娘にやっちまったっていうのかい」

隠居屋に帰りつき、門をくぐったところで、イトの剣呑《けんのん》な声が聞こえて思わず身をすくめた。チヨのものらしい声が、何かぼそぼそと答えている。

「あきれた。あんたほんとに間抜けだね！　半分抜いて渡せばいいのにさ。……はっ、あいつに何もできやしないよ。身寄りがないのに誰に言うっていうんだ。嫌なら出てけって言えば黙るさ」

どうやら、龍郎の給金のことで揉《も》めているらしい。龍郎の給金をチヨが満額渡したことに、イトは不満なようだ。半額抜いて懐に入れればいいのに、という話をしているので、龍郎は呆《あき》れた。

（どこまでがめついんだ、あの人は）

自分はちっとも働かないくせに、他人の給金をネコババしようというのだ。厚かましいにもほどがある。

「ちっ、使えないったら。次の給金は半額にするんだよ。米屋と味噌屋にはあたしが話をつけといたからね」

そんな、というような、チヨの声が聞こえた。かと思うと、「うるさいねっ」とイトが怒鳴る声と共に、ばちん、と叩く音がした。

「ババアの要領が悪いから、あたしが動いてやってるんじゃないか」

「チヨさん！」

龍郎は慌てて家の中に駆けこんだ。その間もイトは悪態をつき、チヨの「やめて」「痛い」というか細い悲鳴が聞こえる。

台所まで行くと、イトが仁王立ちする足元に、チヨが座り込んで泣き崩れていた。

「チヨさん、大丈夫ですか」

駆け寄ってチヨを抱き起こす。何度も頬を打《ぶ》たれたらしく、唇の端が切れて血が滲《にじ》んでいた。

「なんてことを」

サボったり、子供のおやつを奪うのも腹立たしいが、暴力をふるうのは許せない。これが凜太や珠希にまで及ぶのかと思うと、とても黙っていられなかった。

「ひどいじゃないですか、イトさん。子供のおやつを奪うだけでなく、年寄りに手を上げるなんて」

「仕事もせずに外をほっつき歩いてたくせに、生意気な口きくんじゃないよ。このすべたが」

「私は半日お暇をいただいていただけです。午前のうちに仕事もすませました」

イトが怒鳴ったが、龍郎も引かなかった。イトがカッとして手を振り上げたが、ひるまず相手を睨む。

龍郎の抵抗が予想外だったのか、イトは鼻白んだように手を下げた。

「ふ……ふん。どいつもこいつも」

忌々《いまいま》しげにつぶやくと、チヨの肩にわざと体当たりするようにぶつかった。チヨが痛みに悲鳴を上げる。

「イトさん！」

龍郎が抗議の声を上げて睨んだが、イトはざまあみろ、とばかりにせせら笑った。

「あたしに逆らったらどうなるか、覚えてろよ」

捨て台詞を吐き、ドスドスと足音を立てて去っていく。玄関の方で音がしたから、出ていったらしい。

「大丈夫ですか、チヨさん」

呆気に取られていた龍郎は、我に返ってチヨを見た。チヨは顔を覆って泣くばかりだ。

「もう嫌。お暇をいただくわ」

あとは二人でやってちょうだい、というから、龍郎は驚き慌てた。

「待ってください。今、チヨさんに辞められたら困ります」

すでに家のことはほとんど龍郎がやっているとはいえ、ここでチヨがいなくなっては、ますます龍郎の負担が大きくなる。

それればかりではない。チヨがいなくなれば、誰が本宅に金をもらいにいくのか。入ったばかりの女中では、本宅の人は信用してくれないだろう。といって、イトに金を渡したら、ネコババどころではすまない。

(もしかして、それが目的なのか?)

イトはチヨを追い出して、この家の金で好き放題するつもりなのかもしれない。何をしたって、本宅の人間は関知しないのだ。

考えて、ゾッとした。このままではいけない。何とかしなくては。それには今、なんとしてもチヨにいてもらわねばならなかった。

「チヨさんがいなくなったら、ますますイトさんが好き勝手しますよ」

言い聞かせたのだが、老女は幼い子のように顔を伏せたまま、「知らない」と言った。

「もともと、私がこちらに上がったのは繋《つな》ぎだったのよ。腰だって痛いのに。なんで私ばっかり」

「それでも、チヨさんがいなくなったら、珠希様がますますひどい目に遭います。もしイトさんが私と凜太をクビにしたら、珠希様はこの家で一人きりですよ。イトさんにいびり殺されるかも。そうなったらチヨさん、あなたが珠希様を殺すのと同じことですよ」

チヨの嗚咽が大きくなった。残酷なことを言っているかもしれないが、こっちだってなりふり構っていられない。チヨのことより珠希の身の方が、龍郎にとっては大事だった。

「チヨさん。チヨさんはこの家にいてくれるだけでいいんです。あとは私がやりますから。だからどうかもう少しだけ、辞めずにいてください」

なるべく優しい声でなだめる。チヨを抱き起こし、部屋まで運んで寝かせたが、しばらくチヨのすすり泣きが聞こえた。

ちゃぶ台の上に、懐紙を二枚、広げる。

両脇には凜太と珠希がちゃぶ台に手をかけて膝立ちしており、龍郎の作業を息を詰めて見守っていた。

「半分こしましょうね」

龍郎は言い、小瓶の金平糖を懐紙の上に広げた。ころころと、真っ白い金平糖が雪の粒のように転がる。

わあ、と、子供たちが声を上げた。

「こんぺーとーって、キレイだね」

しみじみと言う珠希は、金平糖を食べたことがないらしい。昨日、お土産に金平糖があると言うと、金平糖ってなあに、と首を傾げていた。

昨日、イトが家を出て行った後、チヨを布団に寝かせるとすぐ、龍郎は子供たちを探した。二人は縁の下に、息をひそめて隠れていた。龍郎の顔を見るなり、ほっとしたように出てきたのだ。

子供たちから聞いた話によると、イトは一日どこかへ出かけており、龍郎が帰ってくる直前に戻ってきたらしい。

チヨに金を無心して断られたことが、あの暴力の発端だったらしいことも、子供たちの話をつなげて理解した。

龍郎は、縁の下で泥だらけになった子供たちの顔や手を、井戸水で洗ってやり、男からもらったキャラメルを一粒ずつあげた。

「嚙《か》まないでゆっくり舐《な》めるように。歯にくっつくと、歯が取れちゃうからね」

言い聞かせると、子供たちは歯が取れるのが怖かったのか、恐る恐る舐めていた。

「あまい」

「おいしいね」

子供たちはひっそり笑い合う。凜太も珠希も、キャラメルを食べるのは初めてだった。

「もう一つ、甘いお菓子のお土産があるんだけど、それは明日にしましょうね。今日はもうすぐ晩ご飯だから」

龍郎の言葉に、二人はたちまち目を輝かせる。どんなお菓子なの、教えて、と足元にまとわりつき、金平糖だと白状させられた。

しばらくはしゃいでいたけれど、二人はやっぱり、大きな声を出すことはなかった。

イトは、深夜になっても戻ってこなかった。明け方になって帰ってきたようで、龍郎が起きた時にはもう、イトの部屋から大きないびきが聞こえていた。

今日は昼ごろ起き出し、台所のおひつにあったご飯を残らず食べてしまった。昼と夜、みんなのぶんのご飯だったのだが。

それでも食べ終えるとすぐにまた、どこかへ出かけて行ったので、少しほっとする。

「まずは一つずつ。どうぞ」

龍郎は懐紙の上に転がった金平糖を二粒拾い、凜太と珠希の手のひらに一つずつ乗せた。

子供たちはじっと、手のひらの金平糖を見つめる。凜太が先に、ぱくっと口に入れた。それを見た珠希も、真似をして口に入れる。

「んっ」

「あまーい」

二人は同時に声を上げた。はしゃぐ子供たちの笑顔を見て、龍郎も自然と顔が緩む。

残りの金平糖を二等分すると、それぞれを懐紙に包んで二人に渡した。

「こっちは凜太、こっちは珠希様のぶん。大事に食べましょうね」

自分だけのお菓子だ。二人は包みをぎゅうっと抱きしめた。

「ねえや。これ、盗られないように隠して」

珠希はしばらく大事そうに包みを撫でていたが、やがて龍郎に差し出した。盗られないように、という言葉にどきりとする。

誰にとは言わなかったが、龍郎にも通じた。凜太も瞬時に理解したらしい。

「りんたのもっ」

んっ、と、兄に包みを差し出す。龍郎は笑えなかった。こんなに小さな子供たちが、大人におやつを盗られるのを警戒しなければならないなんて。悲しいし、異常な現実だ。

「よし。じゃあ、宝物を隠しましょう。どこがいいかな?」

できるだけ楽しく聞こえるよう、明るい声音で言った。子供たちも、龍郎の声に、ぴょこんと立ち上がる。

それから三人で、金平糖の隠し場所を探した。宝探しならぬ、宝隠し場所探しだ。

押し入れや簞笥《たんす》の引き出しを開けて、ここでもない、ここはどうだ、と吟味《ぎんみ》して回る。なかなか楽しい。

「ここ！　この棚の中がいい！」

だいぶかかって珠希が自ら決めたのは、床脇の地袋の中だった。確かにここなら、背が低い珠希も手が届くし、戸が小さくて軽いから、すらりと開けられる。

何も入っていない地袋の奥へ、珠希は神妙な手つきで懐紙の包みを置いた。

龍郎はそれを見守りながら、別のことを考える。

(本当に、ここは何もないな)

珠希の部屋には、布団と珠希の着物以外、ほとんど何もない。調度と言ったら場違いなくらい安物のちゃぶ台だけだ。

立派な床の間があるこの部屋は、政隆の祖父の主室だったはずだ。彼が亡くなり空き家になった時に、主な調度は片付けられたのか、床の間には掛け軸の一本も飾られていない。文机《ふづくえ》くらいあってもいいものだが、それも見当たらない。ほとんど物のない部屋が、珠希の待遇を物語っているようで不安になる。

「りんたも」

珠希の包みを隠し終えたので、今度は隣の布団部屋へ行って、凜太の包みを隠した。こちらは戸棚などないので、龍郎たちの着替えをしまう行李《こうり》の奥へ隠す。

隠し終えると、三人で顔を見合わせ笑い合った。

そうこうしている間にお昼になった。イトが飯をぜんぶ食べてしまったので、仕方なくもう一度炊いた。

葱《ねぎ》の味噌汁と香の物を付け、チヨの部屋へ運んだ。

「チヨさん。お昼ご飯ができましたよ」

チヨは昨日からずっと、自分の部屋で伏せったきりだった。食欲はあるようで、龍郎が毎食運んでくるのを綺麗に平らげる。

むすっとして龍郎とほとんど口を利かないのが気になるが、いてくれるだけでいい、と言ったのは龍郎だ。

「イトさんはまた、どこかに出かけちゃいましたよ」

沈黙が気詰まりで、軽くぼやく。チヨは眉根を寄せて、

「どうせまた、博打でしょ」

とつぶやいた。龍郎は驚いて「えっ、博打？」と、聞き返した。

「あの人は博打好きで、給金が入ったそばから博打に使っちゃうのよ。大酒のみの大食らいだし。とんでもない人だわ」

ブツブツと文句を言いながら、チヨは昼ご飯を食べ終え、また布団に寝ころんだ。

龍郎は膳を下げ、庭で遊んでいた子供たちをお昼に呼ぶ。イトが不在なので、二人とものびのび遊んでいた。

三人でちゃぶ台を囲みながら、胸の中には不安がうずまいている。

（博打、か）

どこでどんな賭け事をしているのか、龍郎などが知る由《よし》もないが、イトが金を無心していたというのも、これで納得した。

博打で摺《す》ったのでは、いくら金があっても足りないだろう。イトには用心しなければ。

本宅に直談判《じかだんぱん》しに行こうか、とも考えた。もはやチヨもろくに仕事をしていない。こんな状態で、いつまでもやっていけるわけがない。

今まで何度も考えたが、いまだに行動に移せず足踏みしているのは、他ならぬ龍郎が身分を偽っているからだ。イトもチヨも気づいていないけれど、もし政隆が目ざとい人で、何かの拍子に気づかれてしまったら。

追い出されるだけならいい。警察にでも連れて行かれたら、凜太は一人になってしまう。

（もう少し、様子を見よう）

悩んで結局、その日も何もしなかった。まだ大丈夫。自分が我慢していれば、まだやり過ごせる。

その判断が誤りだったと、龍郎はすぐに知ることになる。

翌朝、龍郎が朝食を運んだ時にはもう、チヨはいなくなっていた。

『お世話になりました』

畳んだ布団の上に、そんな書置きと共に茶封筒が置かれていた。

龍郎はチヨの部屋でそれらを見つけ、しばし呆然とした。チヨは出て行ったのだ。

イトの横暴に堪えかねたのだろう。気持ちはわからないでもないが、龍郎があれほど頼んで仕事もすべて引き受けたのに、裏切られた気持ちだった。

茶封筒の中身は金だった。チヨが今まで、半月ごとに本宅から受け取っていた金の残りだ。何にいくら使ったのか、書き付けが一緒に残してあって、イトが給金以外にいくらむしり取っていったか、というのも、日付と共に書かれていた。

金はほとんど残っていなかったが、書き付けはイトが金を横領している証拠になるかもしれない。茶封筒を懐に押し込み、膳を持って引き返した。

イトは昨夜、夜遅くに帰ってきた。今は例のごとく自室でいびきをかいている。

チヨがいなくなったことを、まだイトには知らせない方がいいと思った。最後の重しがなくなったら、何をしだすかわからない。

書置きには気づかないふり、茶封筒は受け取っていないふりを通すことにして、いつも通り用事を済ませた。

イトはまた遅い時間に起きてきて、おひつの飯をかっ食らい、どこかへ出かけていく。

あればあるだけ食べ尽くされるのはわかっていたので、今日は余分に炊いて別に隠しておいた。

午前中は平和だった。イトもチヨもいない。誰に気遣うこともなく、家の仕事を片付けた後は、珠希と凜太と三人で鬼ごっこをしたりと、いつになくのびのび過ごした。

午後になって、子供たちを連れて買い物に出かけた。これまで、チヨか龍郎のどちらかが家にいて子供たちを見ていたが、さすがに子供たちだけ家に残すのは心もとない。イトが帰ってくるかもしれないし。

「迷子になるから、手を離しちゃだめだからね」

凜太が珠希の手を繋ぎ、珠希の空いた方の手を龍郎が繋ぐ。子供たちに言い聞かせたが、子供たちは久しぶりの外出が嬉しくて仕方がないようだった。

(まあ、無理もないか)

道のどぶ板一つに大騒ぎする子供たちをなだめながら、それでも家にいる時よりも大きな声で笑うのを見て、複雑な思いになる。

チヨが残した茶封筒の金で、安い芋や野菜を買った。それで預かった金は終わってしまった。豆腐屋でおからをもらい、さてこれからどうしようかと思案する。

(今から、本宅に向かおうか)

チヨが書置きを残して辞めたこと、イトの横暴。

チヨは以前からだいぶ、イトに金を渡していたらしい。書き付けにも書いてあった。きっとイトの暴力も、昨日が最初ではないのだろう。

ぶたれたのは気の毒だと思うが、そのおかげで味噌も米も尽きかけているのだ。

（直談判に行こう）

隣を歩く二人のつむじを見下ろして、龍郎は決意した。ついでに身分を詐称したことも謝ったら、牢屋行きだけは免れるだろうか。

「よし。二人とも――」

今これから、本宅に向かう。そう言おうとしたところで、凜太が急に、

「おしっこ」

などと言い出した。田舎の田んぼ道ならともかく、お屋敷町の真ん中で、立ち小便をさせるのも気が咎める。龍郎は本宅行きを中断し、急いで隠居屋へ戻った。

玄関にイトの履き物を見つけ、ぎくりとする。彼女が帰ってきているのだ。玄関先から首を伸ばして窺ったが、奥は不気味なほど静かだった。いびきも聞こえない。

「もれちゃう」

凜太がバタバタと手水《ちょうず》に駆けこんだ。どこからか怒鳴り声が飛んでくるかと思ったが、それもなかった。

「ねえや。こんぺーとー食べてもいい？」

イトの履き物に気づいていないのか、よいしょ、と玄関の上がり框《かまち》に足を掛けながら、珠希が尋ねてくる。龍郎はひやりとした。

「いいですよ。喉が渇いたでしょう。お水を出しましょうね」

龍郎は台所に買ってきた食材を置き、縁側へ出た。珠希も一緒に付いてくる。

縁側の奥が手水で、珠希の部屋はそのすぐ手前である。手水の中の凜太に声を掛けようとした時、珠希の部屋の障子がすらりと開いた。

中からイトが顔を出す。

「あっ」

龍郎が思わず声を上げると、イトは舌打ちした。それでも肩を怒らせ、のしのしとこちらに向かってくる。

イトの口から、ボリボリと何かを噛み砕く音がした。同時に、彼女の手に懐紙があるのに気づく。

「ぼくのこんぺーとー！」

珠希が叫んだ。地袋に隠しておいた金平糖を見つけ出し、盗み食いしていたのだ。

「か、かえして」

「イトさん、それは珠希様のものです。返してください」

龍郎が睨みながら咎めたが、イトはにやにや笑い、見せつけるように懐紙を持ち上げると、大きく口を開けて金平糖を流し入れた。

「イトさん！」

「う……ぇっ」

珠希がたまらず泣き出し、龍郎の腰にしがみついた。龍郎も珠希を抱きしめる。

「なんて卑《いや》しいんだ」

「うるさいね。それより金出しな。ババアから預かった金があるだろ」

イトも、チヨがいなくなったことに気づいたのだろう。

「隠したってわかるんだよ。あのババア、ちまちま茶封筒に入れてやがったんだから。出さないと承知しないよ」

「もう野菜を買って残ってません。たとえあったって、あなたになんか渡しませんよ」

今まで事を荒立てないよう、黙って従ってきたが、ここまできたらもうそんな必要はない。

きっぱり言うと、イトが気色《けしき》ばんだ。

「この……」

「ねえちゃんをいじめるな！」

その時、手水の戸が開き、仁王立ちするイトの後ろから凜太が飛び出してきた。

「おにババア！　ねえちゃんとたまきさま、いじめるな！」

凜太は半べそをかきながら、ぽかぽかと小さな拳《こぶし》でイトの身体を叩いた。

「り、凜太」

「何すんだ、このガキ！」

イトは容赦なく凜太を突き飛ばした。小さな身体がぽんと飛び、縁側から転げ落ちる。うまく地面に手を突いたので、頭を打つことはなかったが、わーんと声を上げて泣き出した。

「凜太！」

龍郎は叫んで縁側を飛び降りた。珠希も必死に付いてくる。凜太が泣きながら龍郎に駆け寄り、珠希も龍郎にしがみついた。

子供たちを抱き寄せながら、こちらを睥睨《へいげい》するイトを睨み上げる。

「もう許さない」

はっ、と女が笑った。

「どう許さないって言うんだ」

「本宅の、政隆様に直談判に行きます。何もかも洗いざらい話す。あなたが横領した金で、博打を打ってることも」

イトは、博打と聞いた時だけわずかに怯《ひる》んだが、すぐまたふてぶてしい笑いに戻った。

「お前に言えるもんか。言ったって、誰が信じるかね。盗人《ぬすっと》の言うことなんかさ」

「盗人？」

「お前は盗人だよ。家のもの一切合切盗んだ悪党だ。そうだろ？　男なのに女のふりして、この家に忍び込んだりして」

心臓が止まるかと思った。イトに気づかれていた。驚いて息を詰めると、イトは勝ち誇った顔をした。

「風呂場で見た時は貧相な乳だと思ったが、男なんだからそれも道理だ。けどあたしも騙されたよ。ねえやに男のもんがぶらさがってるって、子供たちがコソコソしゃべってたのを聞いて、ようやく気づいたんだから」

凜太と珠希が、腕の中でびくっと震えるのがわかった。大丈夫、と、子供たちの背中を撫でる。

子供たちが悪いのではない。女だと偽った龍郎のせいだ。それでも、イトの行いは許されるものではなかった。

龍郎はイトを睨みつける。このまま、子供たちを連れて本宅へ駆け込もうと考えた。

だがイトは、こちらが相応の覚悟があるのを見抜いたらしい。いきなり、塀の外へ向かって大声で叫び始めた。

「誰か！　誰か助けて！　盗人だよ！　殺される！」

「な……」

殺される、強盗、などと、金切り声を上げて叫び、縁側を飛び降りる。龍郎たちの脇をすり抜けて外へ出て行こうとするので、唖然《あぜん》としてしまった。

しかしイトは、庭の端まで走ったものの、それ以上進むことはできなかった。

そこに、数名の男性が立ち塞がっていたからだ。

いつの間に現れたのだろう。いやそれより、一番前にいる男性の顔を見て、龍郎は息を呑んだ。

「ずいぶん騒がしいな」

他の男性より抜きんでて背の高い男が、仁王立ちしていた。きりりと上がった眉、鋭い眼光と、厳めしくも端整な顔立ちを、龍郎は何度か間近で目にしたことがある。

男は先日、下町でぜんざいを奢ってくれた、あの紳士だった。

「あ……」

龍郎が声を上げると、男も驚いたように大きく目を瞠った。

「お前」

なぜここに、という表情だ。龍郎も同じことを男に聞きたい。

どうしてここに、この人がいるのだろう。

「あんた誰だい。人様の宅に勝手に入るんじゃないよ！」

イトのがなり声で、二人ともはっと我に返った。男は龍郎からイトへ視線を移すと、唇の端をめくり上げ、冷たい薄笑いを浮かべた。

「ほう。女中ごときが、たいそうな口をきくものだな。しかし、ここは俺の家だ。貴様に断りを入れる義理はない」

イトが「えっ」と声を上げ、龍郎も驚いた。

「こちらには滅多に来ないから、使用人が主人の顔を知らないのも、まあ仕方がない。だが一介の使用人が、主人の家の子供を地べたに這いつくばらせているのは、どういうわけだ？」

男は笑いを消してイトを睨みつける。イトはオロオロして、庭に座り込む龍郎たちと男とを見比べた。

「しゅ、主人の……まさか」

「俺の見間違えでなければ、そこで泣いているのは俺の甥だ。もう片方は使用人の子……弟のようだが。先ほどお前に突き飛ばされたように見えたな」

「ご、誤解です！　あたしはちょっと廊下ですれ違っただけで。あのもしや、あなた様は」

相手の正体に気づくや、イトはたちまち居丈高《いたけだか》な振る舞いを改めた。男は再び微笑みを浮かべる。

眼光は鋭く、虎が獲物に牙《きば》をむくような、ゾッとするほど恐ろしい微笑だった。

イトは、ひっと悲鳴を上げてへたり込んだ。男はそれを、つまらなそうに睥睨する。そして、龍郎たちに向き直った。

「突き飛ばしたかどうかは別にして、いろいろと聞きたいことがある。お前とそれから、そこのおさげの小僧にもな」

睨みつけられて、龍郎も内心ですくみ上った。子供たちも怖かったのか、両脇からひし、と小さな腕がしがみついてくる。

「あなたは……」

「そういえば、今までお互いに名乗っていなかった。俺は春野政隆、この家の持ち主で、春野伯爵家の当主だ。ここに奉公している子守りは確か、清水風子という娘だったはずだが」

にやりと笑う、男の顔はやはり恐ろしかった。


ボーン、ボーンと振り子時計の鳴る音がして、龍郎は束《つか》の間《ま》の眠りから目を覚ました。いつの間にか居眠りしてしまっていたらしい。慌てて背筋を伸ばす。

洋風のアーチ窓に目を向けると、外はだいぶ日が傾いてきたようだった。室内をぐるりと見回し、龍郎はため息をつく。

今座っている長椅子も、目の前にあるテーブルも、壁から天井からこの部屋の何もかもが異国風の造りになっている。調度はどれも、素人目《しろうとめ》にわかるほど豪華だ。

（落ち着かないな）

そんな部屋の中に、かれこれ三時間は閉じ込められている。監禁されているわけではなく、

ここで待っていろと言われたのだが。

長椅子の真ん中に座る龍郎の膝を枕にして、左右に珠希と凜太が寝ころんで眠っていた。最初は怯えていた二人だが、待たされている間に退屈して、やがて眠ってしまった。

「これから、ここに住むの？」

眠る前、珠希から不安そうに聞かれたが、龍郎は答えることができなかった。これからどうなるのか、龍郎にもわからない。

どうしてあの男が突然、隠居屋に現れたのか、いまだに何一つ知らされていないのである。

あの男、厳めしくも親切な紳士の正体は、春野政隆だった。まさかあの人が、という驚きが今も龍郎の中にある。

冷血伯爵、甥を疎《うと》んじている冷たい男、という噂と、龍郎が実際に触れて感じた彼の印象が、まるで異なるからだ。

実際のあの男は、豪快で素っ気なくて、嫌なことも言うけれど、優しかった。

その政隆は、周りの男たちにイトの身柄を拘束させた。イトは「なんであたしが」と、わめいて暴れ、男たちも苦戦していたようだが、数人がかりで押さえ付けられて諦めたようだ。

自動車に乗せられ、どこかに連れて行かれてしまった。

自分たちも連れていかれるのだろうか。龍郎は子供たちと共に震えあがっていたが、政隆はその場に残っていた白髪《しらが》に丸眼鏡《まるめがね》の紳士に何か囁くと、ちらりとこちらを一瞥《いちべつ》し、何も言わずに去ってしまった。

その際、龍郎を見て一瞬、にやりと笑った気がする。笑いの真意はわからなかった。

丸眼鏡の紳士は、龍郎たちに向かってにこりと微笑み、

「本宅に参りましょう。旦那様が、あなた方にもお話をお伺いしたいそうです」

それで龍郎は子供たちの手を引き、紳士の後について本宅へ移動したのだった。

政隆は、龍郎が女装をして奉公していたことは気づいているだろう。清水凪子が弟を連れて奉公に上がることは事前に手紙で知っていたはずだし、龍郎もまさか奉公先の主人とは知らず、資格がないのに働いている、などと本人に打ち明けていた。

身分を騙ったことについて、責められるだろう。警察に突き出されるだろうか。珠希と凜太はどうなるだろう。

不安が渦巻いて、早く決着をつけたいのに、政隆は一向に現れない。

丸眼鏡の紳士も多忙なようで、龍郎たちは本宅に着くなり女中に引き渡され、中へと案内された。龍郎の母親くらいの年齢の女中は、洋装に真っ白な前掛けを掛けていて、にこやかで龍郎に対しても優しかった。

「喉が渇いてませんか。麦湯をお持ちしましょうね。お手水は大丈夫かしら」

子供たちにもこまやかで、麦湯を出したり、手水の場所を教えてくれたりした。

ただそんな彼女も、一通り世話をした後、

「旦那様が戻っていらっしゃるまで、もう少しここでお待ちくださいね」

にこやかに言って立ち去ったきり、戻ってこない。

三人で麦湯を飲み、龍郎が懐に忍ばせておいたキャラメルを食べた。

「キャラメル、おいしいね」

「ぼく、キャラメル大好き。こんぺーとーも好き」

凜太の言葉にうなずいて珠希が言い、それから思い出したように目に涙をためる。珠希の金平糖は、イトに食べられてしまったのだ。

「たまさま、りんたのこんぺーとー、はんぶんこしよ」

「いいの？」

潤んだ目を瞠る珠希に、凜太は「んっ」と力強くうなずく。そんな弟を頼もしく思いながら、凜太の金平糖が盗まれていないことを祈った。

そういえば、イトはどこに連れていかれたのだろう。

ぼんやり窓の外を眺めながら考えていたら、部屋のドアがノックされた。こちらが答える前に、政隆の「入るぞ」という声がする。

龍郎は慌てて立ち上がろうとした。しかし、膝に子供たちが寝ているので立つに立てない。

「待たせて悪かった。……ああ」

慌てる龍郎と子供たちを見て、政隆はふっと表情を緩める。

「寝てしまったのか。ずいぶん待たせたものな」

柔らかな視線が珠希に注がれる。そのまなざしは、とても甥を疎んじているようには見えなかった。むしろ、慈《いつく》しんでいるようだ。

「急なことで、部屋の用意に時間がかかったようだ。子供たちを運ばせよう」

その時、珠希が身じろぎして目を覚ました。むくっと起き上がり、戸口に立つ政隆の姿を見つけ、身を震わせる。

「ねえや」

怯えたように龍郎にしがみついた。

「姉やと呼ばせているのか」

政隆が、変わった余興を見るような声で言う。咎める口調ではなかったが、そういえばおさげの女中姿のままだったと思い出し、龍郎はなぜか、かあっと顔が熱くなった。

「申し訳ありません」

恥ずかしさに顔を伏せて謝ると、珠希はさらに怯えた顔になる。半泣きになるので、大丈夫ですよと微笑んだ。顔を上げると、政隆は珠希を見ていた。

表情を消していてよくわからなかったが、その目は悲しそうに見えた。しかし、それも一瞬だった。

「お前たち、子供たちを連れて行ってくれ」

政隆が脇に移ると、彼の後ろから先ほどの丸眼鏡の紳士と、洋装の女中とが中に入ってきた。珠希は泣いてかぶりを振った。

「や、やだ。ねえやぁ」

騒ぎにようやく目を覚ました凜太も、珠希が怯えるのを見てたちまちべそをかいた。

「なあに？　ねえちゃん、たまさま、なんでないてるの」

龍郎も答えられず、二人を抱きしめる。

「あの、二人をどこに連れて行くんですか」

ひどいことをされるわけではないだろう。政隆はそんな人ではないと思うが、でも確証があるわけではない。珠希だけでなく、凜太も一緒だというのも不安だった。

政隆はそこで、まいったな、というように大きく眉尻を下げてみせた。

「俺は人さらいじゃないぞ。子供部屋の用意ができたから、自分の甥をそこに連れて行くだけだ。珠希と仲がいいようだから、お前の弟が一緒のほうがいいだろう」

「あの、俺は……」

「お前には話がある」

硬い声音で言われ、龍郎は観念した。政隆を騙していた。これから罰せられるのだろう。

龍郎はもう一度、強く子供たちを抱きしめた。それから身を離すと、二人の顔を見比べる。

「珠希様、凜太。俺は旦那様とお話をするから、あの人たちとお部屋に行ってくれる？」

「ねえちゃんは？」

「ねえやもあとでくる？」

龍郎は微笑んでうなずいた。しかしもう、珠希には会えないだろうと思った。懐にあったキャラメルの箱を取り出して、珠希に持たせる。

「これ、二人で仲良く食べてください。いっぺんに食べたらだめですよ」

珠希はうなずいたが、瞳は揺れていた。龍郎が立ち上がると、子供たちの手を引いて丸眼鏡の紳士のそばまで連れて行った。

「よろしくお願いします」

珠希を大切にしてほしい。そんな願いを込めて、深々と頭を下げた。顔を上げると、紳士はにこりと微笑み、

「大丈夫ですよ。あなたが心配するようなことは、何もありませんから」

穏やかにそう言った。隣の女中もにこりと微笑む。それで龍郎は、いくぶんか心が軽くなった。

二人に手を引かれ、珠希と凜太はまだ心細そうだ。歩きながら何度もこちらを振り返る。

珠希の姿を見るのも、これが最後かもしれない。そう考え、身を引きちぎられる思いで見送っていたら、背後で呆れた声がした。

「まるで人買いに我が子が買われていくみたいだな。ちょっとの間離れるだけだぞ」

まあ座れ、と、今立ち上がったばかりの長椅子を示された。龍郎の向かいのひじ掛け椅子に、政隆がどっかり腰を下ろす。

子供たちがいなくなったのと入れ違いに、別の女中が盆を持って現れた。何か、いい匂いがする。

「まあちょっと、甘い物でも付き合えよ」

政隆は言い、足を組んだ。


運ばれてきたのは、洋風の茶器とカステラだった。女中が慣れた手つきで、白磁の急須から取っ手の付いた茶碗に恭《うやうや》しくお茶を注ぐ。ほうじ茶色をしていたが、香りが違う。

女中はお茶を注ぐと、一礼して部屋を出て行った。部屋には政隆と二人きりになる。

「俺は、カステラには紅茶と決めてるんだ」

目の前に置かれたカステラに目を細め、政隆が言う。龍郎はふんわり花のような香りのするお茶を、しげしげと眺めた。

「……これが紅茶」

「飲むのは初めてか。そういや、田舎から出てきたと言ったものな」

郷里はそこまで田舎ではないのだが、帝都とは比べるべくもないのだろう。

「お前も食え。それとも、実は甘い物が好きじゃないのか？　そういえばさっき、キャラメルを珠希に渡していたな」

政隆はカステラを大きく切って豪快に食べ、龍郎がいつまでも手を付けないのを見て、訝《いぶか》しげな顔をした。

「いえ、甘い物は大好きです。いただいたキャラメルは、子供たちと分け合って少しずつ食べていました。子供たちも、甘い物なんて滅多に食べられないから喜んでいました。……申し訳ありません」

言葉の途中から、政隆が忌々しそうに顔をしかめたので、龍郎は慌てた。珠希にキャラメルを与えたのはまずかっただろうか。

「ん？　キャラメルをちびたちにやったことか？　別にいいじゃないか。いや、俺が怒っているのはお前にじゃない」

では、誰にだろう。自分がこの場に残された理由もわからないので、推測のしようがない。戸惑っていると、なおも「まあ食え。飲め」と、勧められた。

龍郎はまず、紅茶に口をつける。微かな渋みと苦みの後に、鮮やかな香りが鼻を抜けた。カステラには銀製の小さなフォークが付いていた。昔、凜太が生まれるずっと前に、カステラを食べたことがある。

久しぶりに食べたカステラは、記憶にあるよりふんわり柔らかく、甘さも上品に思えた。洋風の洒落《しゃれ》た食器に乗っているからだろうか。

「黒門堂《くろもんどう》のカステラだ。俺はこれが好物でな。まあ、甘い物はたいてい好きなんだが」

下町での一件で薄々気づいていたが、やはり政隆は甘党なのだ。嬉しそうに二切れ目のカステラを頬張っている。

しかしその顔がすぐにまた、しかめられた。

「あの家で、珠希は甘い物を食べたことがなかったのか。……ずっと？」

鋭い目でじろりと睨まれたので、思わず身を縮める。あの家というのは、隠居屋のことだろう。

「以前は知りません。俺が先月、ご奉公に上がった時からでしたら、ずっとです。チヨさんが、お三時に芋を用意してくれることがありました。ただ……」

「ただ、なんだ」

言い淀むと、政隆はまた、じろりと睨みながら先を促す。彼の眼力は迫力があり、どうにも身がすくんでしまう。

しかし、珠希があの家でどんな待遇を受けていたのかは、伝えておきたかった。政隆に伝えて、彼がどんな反応をするのか確かめたい。

珠希がこれからどうなるのか、彼の行く末を確認しなければ、一生後悔すると思った。

龍郎は、鋭い相手の眼光を見つめ返した。

「俺が初めて珠希様に出会った時、縁の下にもぐって、声を押し殺して泣いていました。イトさんにおやつのお芋を盗られたそうで。でも泣くと怒られると言って、隠れて泣いていたんです」

反応を窺う龍郎の前で、政隆はわずかに目を瞠ったかと思うと、みるみる憤怒の形相に変わった。

「あの女……っ」

拳を握り、空《くう》を睨む。仁王様も負けそうな迫力だった。自分に対しての怒りではないとわかっても、緊張してしまう。

しかしこれで確信した。政隆は、珠希を疎んじてはいない。

少なくとも、幼い子を虐《しいた》げるつもりで隠居屋に押し込めたわけではなさそうだった。

政隆は、龍郎が顎を引くのを見て、怒りの形相を解いた。「すまん」と、口の中で小さく謝って、紅茶を一口飲む。

「チヨとかいう、女中頭の女に、金は十分渡していたはずなんだがな」

言って、大きくため息をついた。龍郎は思い切って、こちらから質問してみる。

「あの、政隆様はなぜ、あの場にいらしたんでしょうか。イトさんはどこに連れて行かれたんですか」

「今朝早く、チヨという女中が辞めたと聞いたんだ。あの家の金の管理をしていた、いわば女中頭なのに、前触れもなくいきなり辞めると言ってきたらしい。チヨに直接応対した者が、様子が変だと報告してきた」

政隆は、龍郎に何ら含んだ様子もなく、包み隠さずいきさつを話してくれた。

「その前にも子守りが辞めている。イトという女が入ってからだ。その時は、イトが気の強い女で、女中同士が揉めているのかもしれないと思ったんだが。女中頭まで辞めると言うのはおかしいだろう。すると別の使用人から、米屋と味噌屋があの家の出入りを断られたらしいと言ってきた」

どうも隠居屋で、何事かが起こっているようだ。

「なるべくあそこには近づかないようにしていたが、そうも言っていられない。それで様子を見に行ったんだ」

すると女が、縁側でがなり立てている場面に遭遇したのだという。

「女は強盗だと叫ぶが、女の足元では子供たちが若い女中に取り縋って泣いている。ただごとではないだろう。もっとも、若い女中が男だった時には呆気にとられたが」

「ま、誠に申し訳ございません！」

龍郎は立ち上がり、身体を二つに折った。その勢いで、おさげが両脇からばちんと頬を打ったが、構っている暇はなかった。

「俺は確かに、妹の名前を騙りました。生活のためとはいえ、許されないことだと思っています。警察に突き出されて牢屋に入れられても文句は言えません。この罪はいかようにも償います。ただ、弟の凜太はまだ数えで五つ。親代わりの俺が逮捕されてしまったらと、それだけが気がかりで……」

「まあ落ち着けよ」

必死に言い募る龍郎に、ぽん、と声が掛けられた。顔を上げると、政隆が苦笑している。

「そうおさげを振り回されては、落ち着いて茶も飲めん」

「あ、も、申し訳……」

「いいから座れ。飲んで食え」

カステラと紅茶をあごで示され、龍郎はおずおずと腰を下ろした。

「その話は、あとでゆっくり聞かせてもらう。それはそれとして、まずはあの家の内情について、だ」

「……はい」

政隆は落ち着いている。龍郎が一人で取り乱していたのだ。恥ずかしくなった。

「お前のことは驚いたが、ともかくあのイトという女が、お前たちや珠希にまで乱暴な態度を取っているのがわかった。それに、騒ぎを聞いて庭に回る前に玄関先を覗いたんだが、以前はあったはずの陶芸品がきれいさっぱり消えていた」

これはよくよく調べる必要がある。それで騒いでいたイトを拘束して別所に移し、龍郎と子供たちも本宅に連れ帰ったのだという。

政隆が再び隠居屋に戻って中を確認したところ、祖父の時代からあった調度という調度がなくなっていた。

「当家では本宅から別宅に至るまで、調度品には目録を作っているから、間違いない。イトを問い詰めたら、売り飛ばしたと白状した」

龍郎も、隠居屋の造りは見事なのに、調度が粗末なのを訝しく思っていた。あれはイトが売り払っていたからなのだ。

「あの、チヨさんが言っていたんですが、イトさんは博打好きで賭場に出入りしていたそうです。お金が足りなくて、チヨさんにも金の無心をしていました。断られたらチヨさんを殴って。それで、チヨさんはたまりかねて辞めてしまったんです。もともと腰を痛めて、早く辞めたがっていましたし」

龍郎の給金を、半分減らそうとしていたことも打ち明けた。ついでに、イトがほとんど仕事をせずに、昼でも寝ているか、ふらりと出かけて夜まで帰ってこなかったことなど、すべて話した。

今日の騒ぎの発端が、珠希の金平糖を盗み出して食べたことだと言うと、政隆は顔をしかめていた。

「恐ろしいほど卑しいな。寒気がする」

まんざら嘘でもなさそうに、ぶるっと身震いした。

「博打か。なるほど、金に困っていたわけだ。チヨという女の方にも、今、人をやって事情を聞いているところだ。彼女も怪しいな」

「えっ。チヨさんがですか」

「家の中の物がごっそりなくなって、気づかないはずないだろう。彼女も一枚噛んでるか、イトの悪行を見て見ぬふりをしなきゃならない事情があったはずだ」

なるほど、と納得し、それからチヨが言っていた言葉を思い出した。

「あの、イトさんは、政隆様の叔父様の伝手で雇われたんですよね。チヨさんのお孫さんが、その叔父様のところで働いているそうで、気兼ねして注意できないのだと言っていました」

「叔父の？　……ふうん、そうか」

政隆はそこで、しばらく考え込む素振りを見せた。険しい顔で空を見つめる。仁王像みたいだなと、こんな時だというのにどうでもいいことを考えてしまった。

「それでお前は、何もせずに威張《いば》り散らしている女と、腰が痛くて何もできない老女にかわって、子守りから家のことからやっていたわけだ」

視線を龍郎に戻した政隆は、薄く笑みを浮かべて言った。冷笑ではなく、温かみのある微笑みだ。政隆が美丈夫のせいか、ことさら甘やかに感じられて、わけもなく胸が高鳴った。

そんな自分に羞恥《しゅうち》を覚え、顔が熱くなる。

「いえ、最初の頃はチヨさんも、仕事をしてくれていましたし」

「珠希もずいぶん、お前に懐いていたようだ」

幼い存在を思い出し、はたと顔を上げた。

「それは、他に縋る大人がいなかったからです」

政隆は今後、珠希をどうするのだろう。また新しい女中を雇って、隠居屋に押し込めておくのだろうか。そうしたらまた、今回と同じことが起こりはしないだろうか。

「――ああ、そうだな」

龍郎の視線を受けて、政隆はわずかに目を伏せた。わかっている、というようにうなずく。

そこには少し、寂し気な色があった。政隆は小さくため息をつき、再び顔を上げた時にはもう、感傷の色は消えていた。

「お前、我が家の事情はどこまで聞いている？　知っていることをぜんぶ話せ」

有無を言わせぬ口調で言われたので、「チヨさんから聞いた話なんですが」と、素直に打ち明けた。もっとも、政隆の母と妾との確執は婉曲《えんきょく》に表現し、政隆が「冷血伯爵」と言われていたくだりは省いた。

いささかふんわり話しすぎたのか、政隆は「ふん」と面白くなさそうに鼻を鳴らし、組んでいた足を組み替えた。

「大方《おおかた》、『冷血伯爵』の噂でも聞かされたんだろ」

「い、いえ」

「外で何と噂されているのか、知ってるさ。まあそれはいい。だが俺は別に、珠希を疎んじて別宅に押し込めたわけじゃない。こんなことになったからには、そう噂されても仕方がないがな」

政隆はそこで、ちょっと肩を落とした。隠居屋に珠希を放っておいたのを、後悔しているように見える。

「何か、事情があったんですね」

半ば確信しながら、龍郎は水を向けた。下町で偶然会った時、彼が言っていたのだ。自分にも凜太と同じ年の子がいる、事情があって一緒には暮らせていないと。

一緒に暮らさないのではなく、暮らせなかったのだ。そもそも子供を疎ましく思っていたのなら、あの場で話題にすることもなかっただろう。

「当初の予定では、珠希があの家にいるのはほんの一時《いっとき》のはずだった。あの子の父親は肺を患ってサナトリウムにいた。珠希も一緒にいたんだ」

龍郎は黙ってうなずいた。チヨからもそんなふうに聞いている。

「弟が亡くなった後、珠希を医者に見せた。父親から病気をもらっている可能性もあったからな。どこも悪くないとわかったんだが、いきなり本宅に連れてくると、使用人が怖がるかもしれない。ほんの一時、隔離のために別宅に住まわせた」

ひと月ほどで、本宅に呼び寄せる予定だった。医者の診断で、すでに健康だということはわかっているのだ。

「だが一度、珠希の顔を見に行った時、ひどく怯えられた」

政隆はそこで、そっと視線を伏せる。

泣いてひきつけを起こし、さらにその後、熱を出して寝込んだ。医者からは、恐らく精神的なものだろうと言われた。

「父親から、この家で受けていた扱いを聞いていたのかもな。俺は珠希にとって、鬼のような存在なんだろう。昔から、女子供には恐れられるしな」

そういえば凜太も、停車場の前で初めて政隆を見た時、鬼の面でも見たみたいに怖がっていた。

「それで、珠希様だけあの家に住むことになったんですか」

つい、責める口調になってしまった。

隠居屋に珠希を住まわせることにしたのは、政隆なりの気遣いだったのだろう。しかし、その後は人任せでほったらかしにして、自分の目で珠希を見ようとしなかった。

おかげで珠希はずっと、あの家でつらい思いをしていたのだ。

政隆も自覚があるのだろう。苦い顔をする。

「ああ。本宅に呼ぶ前提だったので、子守りと女中を急募した。珠希は子守りに懐いていたというので、安心したんだ」

急とはいえ、身元ははっきりした者たちだ。家のことを切り盛りする女中のチヨも、本宅に長く働く使用人の親戚で、年はいっているがしっかりして見えた。

それからしばらく経ったが、表向き珠希の様子は問題ないようだった。

「月に二度、チヨが必要な金を受け取りに来る際、あの家の様子を報告するよう命じていたんだ」

政隆は仕事で不在のことが多かったので、報告はまた聞きになったが、それも仕方のないことだ。

昨年の暮れ頃、チヨが腰を痛めたと言い、また急遽、代わりの者を雇うことになった。しかし、師走《しわす》でどこも忙しい時期だ。困っていたところに、政隆の叔父から、会社の従業員の娘がちょうど生家に出戻ってきたので、使ってやってほしいと頼まれた。それがイトである。

「今さら言い訳にしかならないが、人手が足らずに珠希が不自由してはいけないと思ったんだ。あんな女だとは夢にも思わなかった」

それはそうだろう。龍郎だって、イトと会った時はびっくりした。

年が明けてすぐ、子守りが辞めた。

これにはチヨが報告に来て、新しい女中のイトと反りが合わず、口論の末に子守りが売り言葉に買い言葉、辞めてやると言って出て行ってしまったのだという。

当分はチヨとイトでしのぐので、新しい子守りを雇ってくれないかと頼まれた。チヨは腰を痛めているから、早く代わりを見つけてやったほうがいい。

政隆はそこで、遠縁の池端という女性に手紙を書いて、助力を仰いだ。政隆が子供の頃からよく知る人物で、世話好きであり、これまでも寡婦や若い娘の働き口を世話してきた。

しかし、手紙が届いた時には当人は亡くなっており、それが巡って、龍郎の目に触れたというわけだ。

「お前の手紙では、彼女のことをよく知っている風だった。手紙は丁寧で字も美しかったからな。信用してしまった」

「う……申し訳ありません」

痛いところをちくりと刺されて謝ったが、政隆はまだ、そのことを追及する気はないようだった。

「毎回のチヨの報告では、珠希は元気にのびのび暮らしているとのことだった。チヨにもイトにも懐いていると」

嘘八百だ。だが家の中のことだ。実際にこの目で見なければわからない。それより龍郎は、チヨが雇い主にそんな嘘をついていたことに、驚いていた。

「あの家の手が足らないなら人を増やすと言ったし、子供は服も下着もすぐ小さくなると言うんで、金は多めにやったつもりだ」

なのに今日、隠居屋を改めてみると、珠希の持ち物などほとんどなかった。珠希はこないだ土産に持たせたキャラメルと金平糖以外、甘い物を食べたことがないという。

それを聞いて、龍郎も悔しくなった。同時に、自分の意気地《いくじ》のなさを後悔した。

ひと月も我慢しないで、もっと早くに声を上げていればよかった。そうすれば珠希だって、不自由な思いせずにすんだのに。

「これから、珠希様はどうなるんです」

思わず尋ねた。政隆はじろりとこちらを一瞥する。

「もちろん、この本宅に住まわせる。どのみち俺のことは、おいおい慣れてもらわねばならん。荒療治だが、こうなっては一緒に暮らした方がいいだろう」

それを聞いて安堵《あんど》した。これで珠希のことは心配ない。

「この家で、新しく子守りを雇って珠希の面倒を見させる。ここは家令をはじめ、使用人は皆、その人となりをよく知る者たちばかりだ。彼らの目が行き届いているから、新しい子守りが来てもあの家のようなことは起こらない」

「はい」

新しい子守り、と聞いて、胸がしくりと痛んだ。

解雇は当然だし、覚悟していたことだが、もう珠希と会えないのだと思うと、心に穴が空いたみたいになる。たったひと月、一緒に暮らしただけなのに。

「わかっていると思うが、清水風子はクビだ」

「はい。当然のことだと思います。申し訳ありませんでした」

座ったまま頭を下げた。向かい側で、政隆が笑う気配がした。

「そういえば、お前の名を聞いていなかった。風子は偽名だろう。本当の名はなんという」

「龍郎。清水龍郎と申します。風子は去年亡くなった妹の名です」

顔を上げると、微笑が真顔に戻るところだった。

「……妹は亡くなっていたのか」

痛ましそうな顔をする。やはり冷血伯爵というのは噂だけで、実際は血の通った人なのだと思った。

「龍郎。お前はさっき、いかようにも罪を償うと言ったな」

「は、はい」

いよいよ自分の話になった。龍郎は居住まいを正す。そんな龍郎に、政隆はにやりと笑って言った。

「風子はクビ。代わりに珠希の子守りとして、清水龍郎を雇うことにした」

「えっ」

「珠希もお前のことは信頼しているようだ。お前の弟、凛太だったか？　あれと一緒にこの本宅に住み込め。言っておくが、お前に断る権利はないぞ。罪を償うと言ったのだからな」

龍郎は言葉を失った。政隆の提案は、予想外のことだったからだ。

ぽかんと口を開ける龍郎に、政隆はふふん、と笑った。


「カステラ、おいしい。ねっ、りんた」

黄色いふわふわのカステラを口に入れ、うっとりした珠希《たまき》は、隣の凛太《りんた》に同意を求める。

「んっ！」

凛太はうなずくものの、夢中でカステラを頬張っていた。

暖かな昼下がり、龍郎《たつろう》と子供たちは、テラスなる場所でおやつを食べている。

大食堂から庭に繋《つな》がる洋風の濡《ぬ》れ縁で、テーブルと椅子《いす》が据えられていた。メイドと呼ばれるお仕着せの洋装姿の女中が、そこへ三人分のお茶とカステラを運んでくれた。

本宅に連れてこられて、数日が経《た》った。

妹の名を騙《かた》って奉公先に潜りこんだ龍郎は、奇跡的に何の咎《とが》めも受けず、改めて珠希の子守りを任じられた。

二階の一番端の部屋が珠希の部屋として用意され、龍郎と凜太はその隣、珠希の部屋と間続きになっている小部屋を与えられた。

家令によれば、そこは昔、幼い政隆《まさたか》の部屋だったという。龍郎の部屋も、子守り専用の部屋だったそうだ。

子守りの部屋もベッドだし、この屋敷は何もかもが洋風である。最初はいちいち面食らった。翌日からは家令や女中頭《がしら》が交替で付いていてくれて、龍郎たちが新しい生活で不自由のないようにしてくれた。

とてもありがたい。政隆を拝みたい気持ちだが、それでも龍郎は困惑している。

龍郎と凜太の待遇が、あまりに良すぎるのである。

食べ物も食べる場所も、珠希と一緒だ。女中頭が、

「今日は天気がよろしいから、テラスでおやつにしましょうか」

と言えば、テラスには龍郎と凜太の分もおやつが用意される。食事は小食堂で三人で食べるが、これも上げ膳据え膳だ。

龍郎は珠希の相手をする以外、下働きなどはしなくていい。子供の相手と言っても、弟の世話と大して変わらない。

こんな居候《いそうろう》みたいな暮らしでいいのだろうか。

そう尋ねようにも、政隆はここ数日、仕事で帰宅が深夜になることもあり、日頃から常に

多忙のようで、使用人である龍郎がいちいち相談するのもはばかられる。

「ぼくね、カステラがいちばんすき。黒いとこがいちばんのいっとう、すき」

珠希がまた一口食べて、感想を述べる。

最初は慣れない本宅に怯《おび》えていた珠希だったが、ここ数日で目に見えて明るくなった。口数も増えて、子供らしく大きな声を出すこともあった。何より笑顔を見せるようになった。

それは凜太も同様だ。よく笑うし、珠希とふざけ合ったりもする。

政隆がここに置いてくれて、屋敷の人たちが良くしてくれるおかげだ。ありがたくて、だからこそ、まるでお客様のような扱いなのが申し訳ない。

「りんたも。りんたもくろいとこ、すき」

「ねえや……たつろーも、カステラ好き？」

「ええ。大好きです。俺も黒い所が一番好きですね。甘くて」

珠希は龍郎のことを、「ねえや」ではなく「たつろー」と呼ぶようになった。龍郎がそうしてくれと言ったのだ。男に戻ったので、凜太も「にいちゃん」に戻った。

龍郎は女装をする必要がなくなって、今は男物の着物に小倉袴《こくらばかま》という、学生時代そのままの恰好《かっこう》である。髪もおさげではなく、総髪にしていた。

『おさげでも構わんぞ』

あの日、政隆はいたずらっぽい顔で、そんなことを言っていた。

『お前、女装が似合うな。最初にその姿で出会っていたら、今でも姉やとして雇っていたところだ』

足を組み、ひじ掛けに肘をついて、悪辣《あくらつ》に笑う。そうすると、普段は厳《いか》めしいばかりの表情に不思議と艶《つや》が乗る。同じ男なのに、どきっとしてしまった。

あれきり顔を合わせていないが、政隆は不思議で変わった男だと思う。

冷血伯爵《はくしゃく》なんてあだ名されていたけれど、実際に龍郎が彼を冷血だと感じたことはない。むしろ豪放磊落《ごうほうらいらく》といった方がしっくりくる。

甘い物が好きで、ぜんざいやカステラを食べている時の嬉《うれ》しそうな顔は、ちょっと可愛らしいとさえ思ってしまった。いつもキャラメルの箱をポケットに忍ばせているのだろうか。

(珠希様だって、旦那様のことをよく知れば怖がらないと思うけどな)

隣で揺れるくせっ毛頭を眺めながら、龍郎は胸の内でつぶやく。

珠希の父親や祖母が、実際にこの家でどんな扱いを受けていたのか、これも噂《うわさ》ばかりで本当のことはわからない。

珠希の父が、息子に政隆や春野《はるの》家のことをどう言っていたかも、もはや知る由《よし》もない。

しかし少なくとも政隆は、珠希に不自由のない生活をさせようとしている。珠希が安心して暮らせるよう、心を砕いていると感じる。

そんな伯父《おじ》の心を知れば、珠希だってひきつけを起こすほど怯えたりはしないだろう。

カステラを味わいつつ、そんなことをつらつらと考えていた時、食堂の方から丸眼鏡《まるめがね》の紳士がひょっこり顔を出した。

「おやつは食べ終わりましたか」

白髪《しらが》に丸眼鏡の紳士は、この家の家令だった。名を佐枝実《さえぐさみのる》といい、龍郎が政隆からもらった名刺は、この紳士のものだった。

名刺にあった住所は政隆の会社の所在地で、あの名刺は言わば、紹介状の代わりだった。

「は、はい」

龍郎が急いで立ち上がろうとするのを、佐枝は「そのままでいいですよ」と、おっとり制した。

還暦を二つばかり過ぎたという佐枝は、最初の印象どおり、おっとりとした紳士だ。

いつも三つ揃えの背広を着て、磨き上げられた革靴を履いている。上品で、彼が春野家当主だと言われても納得できた。

しかし、主人と同様、彼も一風変わっている。子守りの龍郎なんて、家令の彼にとって下っ端の部下なのに、こうしてお客のように扱ってくれる。

ありがたいと思いつつ、奉公人がこんなことでいいのだろうかと、戸惑いを感じるのだった。

「では子供たちを連れて、椿《つばき》の間《ま》に行ってもらえますか」

椿の間というのは、一階にある広間のことである。長椅子やテーブルがいくつか置かれていて、何人もの人がくつろげるようになっている。客人を招いた時、歓談をするような場所らしい。

そんな場所に龍郎たちを呼んで、何の用事だろう。不思議に思いつつ、珠希と凜太を連れて椿の間へ向かった。

部屋には女中の他に、洋装の男性が二人いて、絨毯《じゅうたん》の上に大きな洋行鞄《かばん》を二つ、広げていた。

男性の一人には見覚えがあった。この本宅に来た翌日、龍郎と子供たちの身体《からだ》を採寸していった仕立て屋の主人である。

「坊ちゃんたちの服が仕上がりましたのでね。試着してもらえますか」

仕立て屋の主人がニコニコしながら言い、鞄の中から小さな子供用のシャツを広げて見せた。珠希の服かと思ったら、凜太と龍郎の分もあるという。

「えっ、でも」

龍郎は困惑して佐枝を見た。佐枝はにっこりしてうなずく。

「旦那様は洋装を好まれるんです。まあいいから、袖を通してごらんなさい。お仕着せみたいなものですよ」

そう言われて、戸惑いながらも子供たちと共に試着をした。

珠希と凜太は真っ白いシャツとベージュの半ズボン、それに靴下と靴まであった。靴はいくつか寸法違いのものが用意されていた。

龍郎は白い詰襟《つめえり》のシャツと、黒い長ズボンである。やはり靴下と革靴も揃《そろ》っていた。

凜太はもちろん、珠希にとっても記憶にある限り、初めての洋装だそうで、佐枝と女中に着せられながら、不思議そうにお互いを眺めていた。

龍郎も、あまり洋服を着たことがない。帝都では洋装の人も多く見かけるので驚いたが、郷里では滅多になかった。

「坊ちゃんたちも書生さんも、よくお似合いですね」

仕立て屋の主人が言い、佐枝と女中も目を細めてうなずいた。龍郎は子守りなのだが、書生だと思われているらしい。

子供たちは確かに似合っていたし、可愛かった。

「寸法もちょうどいいようだ。と言っても、お子さんはすぐ大きくなりますがね。これで他の服も作らせましょう」

これ一着ではないらしい。佐枝がおっとりうなずく。

「これからは、あなたも子供たちも、普段から洋服を着ましょう。着慣れておいた方がいいですからね」

「で、でもこれ、汚したりしたら、どうすればいいんでしょう」

子供のシャツは真っ白だ。ズボンもベージュで、汚れが目立つ。庭で遊べば泥で汚れるし、食事の時は珠希も凜太も龍郎が教えた通り、お行儀よく食べるけれど、子供だから食べ物をこぼす時もある。

洋服なんてお高いんじゃや、と、恐ろしくなったのだが、佐枝はくすっと笑った。

「汚れるのは洋服も着物も同じですよ」

それから、龍郎の遠慮と困惑を理解しているのか、言葉を付け加えた。

「ここの使用人は皆、洋服を仕立てることになってるんです。他の者もあなたと同じだけ誂《あつら》えていますよ」

使用人全員に、いっぺんに何着も服を誂えるとは、なんとも剛毅《ごうき》なことだ。いくらお金持ちと言ったって、よそではそんなことはしないだろう。やはり、政隆は変わっている。

ともかくも、試着した服はそのまま着ることになった。

春野家は上得意なのだろう、仕立て屋はにこにこしながら帰っていった。

「あの、ありがとうございました」

仕立て屋を送り出し、佐枝に礼を言う。子供たちは興味深げに、お互いの洋服の構造を観察しあっていた。

「お礼は旦那様に。今日あたり、早くご帰宅されるそうですから。洋装姿も見せておあげなさい」

「はい。あ、でも、本当は珠希様の洋装を見たいですよね」

せっかく甥っ子に服を誂えたのだ。珠希の着たところこそ、見たいのではないか。

しかし政隆と対峙《たいじ》したら、珠希はどんな反応を見せるだろう。佐枝も同じことを考えていたのか、眉尻を下げて困ったように微笑《ほほえ》んだ。

「できれば、そうしたいのですがね」

「確かに慣れないうちは、怖がるかもしれません。でも顔を合わせているうちに慣れるんじゃないでしょうか。旦那様のお顔だって、慣れればそんなに怖くないと……思うんですが……たぶん」

いや、やっぱり怖いかもしれない。噂のような冷血ではないとわかっていても、あの迫力のある目で見据えられると、身体がすくんでしまう。

それを思い出し、語尾を濁した。佐枝がぷっと吹き出す。

「そう、慣れの問題でしょう。少なくとも珠希様の方は。問題は旦那様ですね。旦那様のほうが怖がっておられるんです」

最初に顔を合わせた時、珠希があまりに怯えてひきつけまで起こしたものだから、政隆は激しく狼狽《ろうばい》し、その後は落ち込んだらしい。

「あの方はあんな顔をして、繊細な方ですから」

佐枝もおっとりして見えるのに、なかなか言うものだ。でも、政隆が繊細、というのは何となくわかる気がした。

豪放磊落という印象と相反するようだが、快活な中に優しさと気遣いが同居している。下町で会った時も、龍郎の境遇に親身になってくれた。冷血だなんて噂されるが、実際はとても情の深い人なのではないか。

「お優しい方ですよね」

龍郎がつぶやくと、佐枝は静かにうなずく。

「あなたから、珠希様に会うのを勧めてあげてください。旦那様はあなたをずいぶん気に入っているようですから」

あれは見どころのある奴だと、政隆は佐枝に話したそうだ。龍郎のことである。

「年より幼く見えるのに、一家の主《あるじ》の顔をしていると。素性を知らずに知り合った時、そんなふうに思ったようです。その上、弟を連れて女装して子守り奉公するなんて、思いきったことをすると」

それで政隆は龍郎のことを、豪胆で見どころがある、と評したのだった。

佐枝に聞かされて、恥ずかしいやらくすぐったいやら、どういう顔をすればいいのかわからなかった。

女装して身分を偽ったことを、そんなふうに言われるとは思わなかった。

「旦那様。龍郎です」

政隆の書斎を訪《おとな》うと、中から「入れ」と、主人の声がした。

夜、子供たちを寝かしつけていたら、玄関の方で自動車の音がして政隆が帰ってきた。それからしばらくして、女中が龍郎を呼びに来て、書斎に来るよう言われた。

部屋の前で、今一度自分の恰好を確認する。佐枝の言った通り、いただいた洋服を着てきたのだが、着慣れていないので自信がなかった。

「失礼します」

ドアを開けると、紙とインク、それに煙草《たばこ》の匂《にお》いに混じって、ほのかに甘い香りが鼻先をかすめた。

初めて嗅《か》ぐその香りは、正体がわからないながらも、何となく政隆にぴったりだと思う。上流階級にいる、大人の男の香りだ。

細長い部屋の奥に立派な書斎机があって、手前には背の低いテーブルと、その両側にひじ掛けがある長椅子が二つ、向かいあわせに置かれている。

部屋の主は、その長椅子の一方に座っていた。テーブルには水差しや洋酒の酒瓶があって、政隆は琥珀色《こはくいろ》の酒が入ったグラスを傾けていた。

「ほう。女装もいいが、男の洋装も似合うな」

龍郎を見るなり、政隆は軽く目を瞠《みは》ってそんなことを言う。

また女装の話を蒸し返され、龍郎は礼を言う前から相手を睨《にら》んでしまった。気づいて目を伏せ、頭を下げる。

「旦那様、俺や凜太にまで洋服を誂えていただき、ありがとうございました」

「うん。そこに座れよ。下戸でなければ、ちょっと付き合え」

向かいの椅子を勧められ、龍郎は先日と同様、政隆の前に座った。グラスがもう一つあったから、最初から付き合わせるつもりだったらしい。政隆が酒を注《つ》いでくれた。

グラスを手に取ると、芳醇な香りが舞った。

「これは……ウイスキイですか」

酒は両親が生きていた頃、正月や祝い事で飲んだことがあるが、洋酒など、小説で読んだことがあるだけだ。

「そうだ。普通の酒もいいが、これも結構いけるぞ」

政隆の声は、どこか面白がる風だった。恐る恐る一口含み、途端に咳《せ》き込みそうになる。

「うっ、痛っ」

舌が痺《しび》れて痛かった。吐き出さずに飲み込んだものの、喉が焼けるようだ。香りはいいが、それがなければ毒を飲まされたのかと疑うところだ。

龍郎の反応を見越していたのだろう、政隆は楽しそうに笑う。それから水差しの水を龍郎のグラスに注いだ。

「お前は、水で割った方がいいかもな」

再度勧められ、水で割った酒をちょびっと口に含む。先ほどのような強い刺激はなかったが、美味《おい》しいとも思えなかった。

けれど政隆は、そのままの酒を美味《うま》そうに飲む。その仕草も様になっていた。大人なんだなあ、と、龍郎は感心してしまった。自分はまだまだ子供だ。

「ここでの暮らしはどうだ。何でも西洋風だから、勝手が違うだろう」

少しして、政隆が尋ねた。

「最初は戸惑いましたが。でもだんだん慣れてきました。それに、とても良くしていただいています……良くされすぎていると言いますか」

子守りに雇ってもらったのさえ、過分な処遇なのに。

「佐枝も言っていたな。お前が戸惑っているようだと」

「奉公人なのに、客人のように扱っていただいて、申し訳ないです」

ありがたいことだけど、このまま過ごすのはどうにも落ち着かない。正直にそう言うと、政隆は愉快そうに喉の奥で笑った。

「真面目《まじめ》な男だ。だがここでは別に、お前を客人扱いしているわけじゃない。お前はお前の仕事をしているだろう」

「……している自信がないです。珠希様の子守りと言っても、ほとんど弟の世話と一緒で」

「それこそがお前の仕事じゃないか。珠希と弟と、普通の家族のように過ごしてほしい」

「庶民のように、ということですか」

政隆はそこでまた、少し笑った。

「普通、というのは語弊があるか。お前の育った家のように、だ。お前と弟を見ていればわかる。ご両親は、真面目にこまやかに、愛情深くお前を育てたんだろう。そして両親からされたように、弟を育てている。弟と同じように、珠希にも接してくれているという。他人に対して、なかなかできることじゃない」

龍郎は、嬉しさと驚きの混じった気持ちで政隆を見た。

世が世なれば一国一城の主、今も華族であり実業家で資産家でもある男が、使用人のことをここまで見ているとは。

そして、自分が生まれ育った家庭について、そこまで評価してくれるのも嬉しかった。

両親が亡くなり、父の借財を背負って働くようになって、周囲の人々は龍郎たちを、可哀そうにと気の毒がるばかりだった。

子供たちだけ、それも乳飲み子を残していくなんて。父親が借金なんぞするから、子がいらぬ苦労をするのだ。

まるで両親が亡くなったことが、当人たちの咎《とが》のように言われるのが辛《つら》かった。

こうなったのは、父母のせいではない。

二人は龍郎と風子に、不自由のない生活をさせてくれた。様々なことを教えてくれて、凛太を残してくれたから頑張れるのだ。

もちろん、つらい生活の中では、どうして自分たちを置いて逝《い》ってしまったのかと両親を恨む気持ちが頭をもたげたこともある。

でも、それを他人に言われたくはなかった。可哀そうにと憐《あわ》れまれるのも惨《みじ》めだ。

だからこそ、政隆が両親のことを褒めてくれたのが嬉しかった。

「……ありがとうございます」

心から感謝した。雇ってくれた恩もあるが、それより政隆の情に触れ、これからも精いっぱいこの人に仕えたいと思った。

龍郎が感動の入り混じった眼差《まなざ》しを向けると、政隆はいささかくすぐったそうに微笑み、ふいと視線を逸《そ》らす。

普段はすくみ上がりそうな迫力なのに、照れた顔が可愛らしく見えてしまい、こちらもくすぐったくなる。妙に胸が高鳴って、嬉しいような気まずい気持ちになった。

「礼を言われることでもない。これまで通り、珠希によくしてやってくれ。俺は物は与えてやれるが、愛情は与えてやれんからな」

政隆も照れ臭くて気まずかったのか、場の空気を変えるように言った。

最後の言葉に、龍郎は昼間、佐枝が言っていたことを思い出した。珠希と顔を合わせることを、他でもなく政隆が恐れているのだと。

「旦那様は今でも十分、珠希様に愛情をお与えになってると思いますが」

幼い珠希には伝わっていないかもしれないが、政隆はただむやみに金をかけ、物を与えているのではない。甥のことを深く思いやっている。

「佐枝から我が家の話を聞いたのか？」

龍郎が力強く言うのに、政隆は鼻白み、それから皮肉っぽい笑みを浮かべた。

「このお家のことですか？　いいえ。ただ旦那様が、珠希様にお会いになるのを怖がっていらっしゃるとだけ」

政隆はふん、とつまらなそうに鼻を鳴らした。瓶の酒を自分のグラスに注ぎ足し、また酒をあおる。

「怖がっている、か。確かにな。珠希が憎いわけじゃない。愛情をかけてやりたいと思う。だが、俺が金と物以外にあいつに与えるものと言ったら、災いばかりだ」

吐き捨てるように言う。その目は仄暗《ほのぐら》く、屈託を抱えているように見えた。

何か龍郎の知らない事情を抱えているようで、安易にそんなことはないと否定することはできなかった。

春野家の本宅で暮らし始めて、半月ほど経った。

「じゅういーち、じゅうにー、じゅうさーん」

少し離れた場所から、珠希が数を数える声が聞こえる。二十近くなると、だんだんとつっかえて迷いがちになっていく。

龍郎は庭の皐月《さつき》の茂みから、ちょっと首を出して周りを見た。珠希がこちらに背を向けてしゃがみこみ、数を数えている。凜太は、そこからたった数歩しか離れていない、紅葉《もみじ》の木の根元にしゃがんで息をひそめていた。

青々とした紅葉の木は背が低く幹が細い。凜太の身体はほとんど丸見えだった。

「俺たち、もうちょっとわかりやすい場所に隠れた方がいいんじゃないかな」

龍郎が言うと、隣で一緒にしゃがんでいた丸刈りの少年が「だめだめ」と、大人ぶって答えた。

「そんなぬるいこと言ってちゃだめだよ。今のうちから、世間の厳しさってものを教えてやらないと」

少年は佐枝天治《てんじ》という。姓からわかる通り、佐枝の縁者である。佐枝の姉の孫、つまりは大甥《おおおい》だそうだ。

四月に中学生になったばかりで、見るからにやんちゃそうな明るい少年である。
家はここから少し離れた場所にあるのだが、伯爵家で家令を務める大叔父《おおおじ》を尊敬している
そうで、学校が休みの日曜日、ちょくちょくこの家に遊びにくるという。
そうしたことが許されるのも、主人の政隆をはじめ、この家の人々が大らかだからだろう。
佐枝も遊びに来た天治に対し、「大人《おとな》しくしていなさいよ」とたしなめるが、天治を信用
して、あまりうるさいことは言わない。
龍郎たちは、今からちょうど一週間前の同じ日曜日、初めて天治と会った。
天治も龍郎兄弟や珠希のことは、佐枝から聞いていたようだ。幼い子供たちにことさら同
情することもなく、ごく自然に接してくれた。
おかげで珠希も凜太も、すぐ天治に懐いた。今日も天治がやってくるなり、一緒に遊ぼう
とはしゃいでいたのだ。
そして今は天治の提案で、みんなで隠れんぼをしている。
ただ、天治は年下の子に対して本気で挑むので、さっきから珠希と凜太が交替で鬼になっ
ている。
「世間の厳しさって言ってもなあ」
龍郎はぼやきながら、また首を伸ばした。鬼の珠希は二十数え終わって、「もういーかい」
「もういーよ」の声でみんなを探し始めている。凜太は間近で声を上げたので、すぐ見つか

るかと思いきや、珠希はてんで違う方向へ向かっていた。

「ああ……」

「龍郎さん、過保護はよくないぜ。珠希様だって凜太だって、大人があれこれしなくても放って置けばそのうち、かくれんぼが上手《うま》くなるさ」

追いかけようか迷っていると、天治がまた大人ぶって言った。

佐枝の話によると、天治は政隆に憧れていて、近頃は政隆の偉そうな態度を真似《まね》るようになったそうだ。

そんな話を聞くと、ちょっと胸を反らして不遜《ふそん》に微笑むところなんか、確かに政隆の仕草に似ている気がする。一生懸命真似ているのだなと思って、笑いがこみ上げた。

「天治君は、旦那様とよく会うの？」

「よくってほどでもないよ。旦那様はお忙しいもの。でも会うといつも、甘い物くれる」

キャラメルとか飴とか。誇らしそうに鼻を擦《こす》る。そんな天治はもちろん、政隆を恐れてはいない。政隆が優しい人だということも、理解しているようだ。

幼い珠希にだって、きっとわかるはずだ。

でも龍郎は、あの夜以来、政隆に珠希と会うことを勧められずにいる。

——俺が金と物以外にあいつに与えるものと言ったら、災いばかりだ。

あの日の政隆の、暗い眼差しが忘れられない。

隠居屋でのことだけでない、何か政隆が責任を感じる出来事があったのだろう。でも深く追及するのは僭越《せんえつ》に思えて、詳しく尋ねることはできなかった。佐枝にも聞いていない。でも、政隆の言ったことが半月経った今も、ずっと気になっている。

「悩みごと？」

いつの間にか難しい顔をしていたらしい。天治が心配そうにのぞき込んでくる。いっぱしの口を利くこともあるが、天治は優しい子だ。龍郎は微笑んだ。

「悩みってほどじゃないけど。珠希様と旦那様を、会わせてあげたいなと思って」

「……ああ」

そのことか、というように、天治は大人びた顔でうなずいた。佐枝から聞いているのだろう。

「おじさんも勧めてるけど、だめなんだって。旦那様は昔のことでたくさん傷ついてるから、おじさんも無理強《じ》いできないんだってさ」

「昔のこと？」

思わず聞き返してしまった。しかし天治は、困ったように顔をうつむける。

「俺も、詳しくは知らない。でも俺、旦那様が悲しむのは嫌だな」

近くで、「みーつけた」と珠希の無邪気な声が聞こえた。

凜太と珠希は仲がいい。

まだ出会ってひと月半とは思えないほど、いつもくっついている。四六時中、一緒にいたら、子供でなくても喧嘩《けんか》の一つもしそうなものなのに、二人が言い争いをしているのすら見たことがない。

凜太は珠希のことを、守らなければならない者と思っているようだし、珠希も凜太のそばにいれば安全、というように、何か不安があると、龍郎の手より先に凜太の手を握る。

幼子《おさなご》がぴったりくっついているのは可愛らしい光景なのだが、二人がこれまで、どのように過ごしてきたのかを考えると、切なくなる。

それでもともかく、二人は互いの存在を支えにしていた。一心同体と言っても過言ではない。

そんな二人を間近で眺めて、龍郎は凜太が問題を解決するきっかけになるのではないかと考えた。

珠希ではなく、まず凜太を政隆に会わせようと思ったのである。

凜太もずっと珠希といるので、隠居屋から本宅に移る際、ちらりと政隆の姿を見て以来、彼とは顔を合わせていない。

でも政隆が、顔が怖いだけの優しい人だとわかれば怖がらなくなるだろうし、半身である凜太の様子を見れば、珠希も安心するはずだ。

そして政隆も、珠希には会わない方がいいと思い込んでいるが、凜太に対してはそうした屈託を感じていない。

とはいえ、そんな下心を政隆に話したところで、素直に会ってはくれないかもしれない。

それで龍郎は、まず佐枝に相談した。

「なるほど、凜太ですか。それはいい考えかもしれませんね」

佐枝はすぐ話に乗ってくれた。女中頭にもわけを話すと、彼女も賛同してくれた。

女中頭の光江《みつえ》は、龍郎たちが本宅に連れてこられた日、中へ案内してくれた中年の女性だ。てきぱきしていて仕事ができるが、旧来の女中というより職業婦人といった雰囲気だった。

「偶然を装って会わせましょう。旦那様にはすぐ気づかれてしまうでしょうが、会わせてしまえばこっちのもんです」

光江もおそらく、政隆と珠希の関係をもどかしく思っていたのだろう。いたずらっぽい口調でそんなふうに言った。

これで、頼もしい人たちから協力を得られることになったが、問題はどうやって会わせるかだ。

何しろ凜太と珠希は、起きている間はずっとくっついている。眠る時だけ、渋々互いの部屋へ行く。

政隆は仕事であちこち出かけるので、帰ってくるのはたいてい夜の遅い時間だ。子供たちは眠っている。

しかし他に会う機会がないだろうということで、凜太には申し訳ないが、夜に起きて政隆と会ってもらうことにした。

一度きりでは無理だろう。時間をかけてでも、何度か凜太と政隆を会わせよう。政隆も使用人たちの計画を知れば、観念して協力してくれるに違いない。

そんなふうに、佐枝たちと話し合っていた。

作戦を練ってから数日経ったある日、政隆が普段より少し早めに帰ってきた。帰宅後、政隆は書斎で少し酒を飲むか、風呂に入ってすぐ二階の寝室へ上がるという。

今夜は後者だったようで、光江から合図があった時は、政隆が帰宅してそれほど時間が経っていなかった。

子守り部屋で眠っていた凜太を起こすと、最初は眠そうにしてぐずっていた。

「なあ凜太。兄ちゃん、手水《ちょうず》に行くのに怖いから、付いてきてくれないかな」

心の中で謝りつつ、そんなふうに言ってみる。

「にいちゃん、こわいの？　ここのべんじょは、おばけでないよ」

春野家に来てからも、凜太はつい最近まで夜は一人で手水に行かれなかった。龍郎にへばりついていたくせに、今は呆《あき》れたように兄を見ている。

「う、うん。でも怖いから、付いてきてくれるかな」

「ん」

しょうがないな、というように起き上がる。眠そうに目を擦るから、「ごめんな」と謝った。

「いいよ。りんたもおしっこいくもん」

気にするな、と言いたいらしい。でも眠そうで、ベッドから下りてもぼんやりしている。

弟の優しさに感謝しつつ、手を繋いで部屋を出た。

屋敷の廊下には、端と端に常夜灯がついている。とはいえ、辺りは暗かった。

階段がある廊下の端まで歩いていくと、踊り場の電球が灯《とも》り、下から足音が近づいてきた。

ちょうどいい頃合いだ。やがて階段から、ぬっと政隆の顔が覗く。

「お帰りなさいませ、旦那様」

相手を予期していた龍郎が挨拶をすると、政隆は驚いた顔をしながら「ただいま」と返し、足元の凜太を見た。

「手水か？」

「は、はい」

凜太がここで、兄が怖がるから付いてきたのだ、などと言ったらどうしようと心配したが、杞憂《きゆう》だった。

それまで暗闇を怖がるでもなく歩いていた凜太は、今やびたっと兄の足にしがみつき、目を見開いて政隆を凝視していた。

「あ、う……」

言葉にならない声をつぶやき、ガタガタ震えだす。

確かに、灯《あか》りに照らされた政隆の顔は、ちょっと怖かったかもしれない。でも、そこまで怖がるとは思わなかった。

「はは。怖がらせたか。悪いな」

政隆も眉尻を下げ、少し傷ついた顔をしている。すみませんと謝ろうとした時、凜太がわあっと泣き出した。

「お、おにぃぃぃ」

「こら、凜太！　旦那様だぞ」

龍郎は慌てて凜太をたしなめたが、ぶるぶる震えて兄の陰に隠れようとする。作戦が台無しだ。

政隆は苦笑するが、心なしかしょんぼりして見えて、申し訳なくなった。

「鬼じゃないだろ。こんなに男前なんだぞ。ほらっ」

このままでは、凜太にまで苦手意識を持たれてしまう。こうなったら荒療治だと、凜太を抱き上げて政隆に近づけた。

「いやあああ」

凜太が泣いて、エビぞりになる。政隆の方がオロオロしていた。

「お、おい。無理をするな」

「大丈夫です。正月に獅子舞《ししまい》を見た時も、こんな感じでしたから」

「獅子舞……」

騒ぎを聞いて、一階から佐枝と光江も上がってきた。

作戦失敗か。そう思った時、背後で大きくドアを開ける音がした。

「りんたっ」

叫んだのは珠希だった。パタパタと必死に駆けてくる。廊下の騒ぎに目を覚まし、凜太の声を聞いて出てきたのだ。

「たまさまぁあ」

凜太が龍郎に抱かれて泣きじゃくりながら、珠希の名を呼んだ。

「りんたに何するの！」

いつも大人しい珠希が、目を吊り上げて走ってくる。龍郎が呆気《あっけ》に取られていると、珠希はなんと、龍郎の前をすり抜け政隆に向かっていった。

「りんたをつれてかないで」

目に涙をためながら、ぼすっと政隆の足に体当たりする。

政隆の体格を考えれば、大した衝撃でもなさそうだが、驚きに目を見開いた政隆の身体は、ぐらりと傾《かし》いだ。

「危ない」

龍郎が思わず叫び、政隆もはっとして踏みとどまる。その間も、珠希は果敢にぽかぽかと政隆の足を叩いて撃退しようとしていた。

それ以上、政隆がよろめくことはなかったが、甥の攻撃をどう扱っていいのかあぐねている様子だった。

「旦那様、珠希様を抱っこしてあげてください」

咄嗟《とっさ》にひらめき、龍郎は政隆に告げた。政隆は「えっ」と驚き、「しかし……」と、足元を見てためらう。

「階段から落ちたら危ないですから。早く」

急《せ》かすと、政隆はわずかな逡巡《しゅんじゅん》の後、意を決したように唇を引き結び、珠希を抱き上げた。

龍郎は凜太を抱いたまま、政隆を誘導するように階段横へ移動した。政隆もそれに続く。

その際、ちらりと階段を見ると、踊り場にいる佐枝がにやりと笑って片目をつぶってみせた。

珠希はしばらく、びっくりして固まっていたが、凜太が「わああん、たまさまあ！」と泣くと、またキッと涙目で政隆を睨んだ。

「りんたをいじめないで！」

「いや、俺は……」

「旦那様は、凜太をいじめてませんよ。ほら、凜太もいい加減に泣きやみな。びっくりしただけだろ」

弟の身体をあやすように軽くゆすって言い聞かせる。涙を拭《ぬぐ》ってやると、べそべそしながらもようやく泣き止《や》んだ。

「旦那様にご挨拶しような」

お帰りなさいませ、と、手本代わりに龍郎が言う。凜太は兄の首にかじりつくようにしながら、「お、おかえりなさい……ませ」と、つぶやいた。

「ああ。ただいま」

政隆の表情が、ふっと和んだ。その様子を、珠希が彼の腕の中でじっと睨んでいる。政隆も甥の視線に気づいた。

「りんた、連れてかない？」

珠希は政隆から目を逸らさなかった。凜太を守りたい一心なのかもしれない。幼い子供が勇敢に見据えるのに、政隆は戸惑った様子だった。

「ああ。どこにも連れていかないよ」

やがて、政隆は真摯《しんし》に答えた。

「凜太は俺と、手水に行くところだったんです」

龍郎が言葉を添えると、珠希は「ふうん」と言ったまま、まだ政隆を見ている。

「おじさん、だれ？」

龍郎は驚き、政隆も目を瞠った。

政隆は少なくとも、一度は葬儀で身分を明かしたはずだが、珠希は覚えていないのだろう。

隠居屋でも政隆は名前だけは名乗っていたが、伯父だとは言っていなかった。

「俺は……」

答えかけて、口をつぐむ。政隆の瞳が迷うように揺れていた。龍郎も、そして遅れて上がってきた佐枝と光江も、その場で固唾《かたず》を呑《の》んでいる。

「俺は伯父さん……珠希のお父さんの兄さんだ」

「父さんの、兄さん」

その意味を考えるように、珠希は首を傾げる。しかしもう、政隆に怯えた様子はなかった。

「そう。お前の伯父さん、政隆伯父さんだ」

「まさ、たか……おじさん」

甥が言いにくそうにたどたどしく返すのを、政隆は少しおかしそうに笑う。

「伯父さんでいいよ」

「おじさん」

珠希が呼ぶ。政隆の笑顔が、少し歪んだ。目を細めて、「ああ」とうなずく。

「おじ、さん？」

龍郎の首に顔を埋《うず》めていた凜太が、恐る恐る顔を上げる。龍郎は苦笑して訂正した。

「そう、珠希様の伯父様だ。凜太は旦那様とお呼びしないとな」

「りんた。おじさんは、こわくないよ」

珠希が言い、その場にいた大人たちは全員、はっとした。珠希は、凜太を元気づけるつもりだったのだろう。

しかしその一言で、政隆は目が覚めたような顔をしていた。彼の中にあった呪縛のようなものが今、解けたのかもしれない。

「だんなさま?」

珠希が言うので、凜太もようやく頭を起こす。政隆は凜太に優しく微笑みかけた。

「ああ。獅子舞じゃないぞ」

どこかいたずらっぽい口調なのは、龍郎に対しての意趣返しだろう。咄嗟のこととはいえ、獅子舞はなかったかもしれない。

「すみません……」

龍郎が謝ると、政隆が破願した。佐枝と光江も笑い、龍郎もつられて笑い出す。子供たちはきょとんとしていたが、やがて顔を見合わせてにっこりした。

それから政隆は、たまに子供たちが起きている時間に帰ってくるようになった。

仕事は相変わらず忙しいようだが、なるべく珠希に顔を見せようと、時間ができれば家に戻ってきた。

そしてそんな時には必ず、子供のための土産《みやげ》を手にしている。大抵はお菓子だ。絵本やおもちゃの時もある。

凛太も珠希とお揃いの土産をもらうので、龍郎は恐縮してばかりだ。

しかしおかげで、珠希も凛太も政隆をまったく怖がらなくなった。むしろ、土産をもらえるので、政隆に会うのを楽しみにしている。

「凛太のお手柄ですね」

佐枝があの夜の光景に思い出し笑いをしつつ、言っていた。

「一時はどうなることかと思いましたが」

龍郎の方は、思い出すと冷や汗が出る。頼みの凛太があんなに泣きだすとは思わなかった。

「珠希様が勇気を出してくれなかったら、作戦は台無しでした」

結果的にうまくいって、本当によかった。龍郎が言うと、佐枝はふふっと笑った。

「予想とは違う展開になりましたが、君と凛太がいれば、物事がきっと良い方向へ進むと信じてましたよ」

佐枝はわりと、龍郎たちを過大評価しているところがある。一度はこの家の人たちを騙して働いていたのに、大らかだとも思う。

どうしてそこまで信頼してくれるのかわからないが、そんなふうに評価をしてもらうたび、この家と政隆に尽くそうと思うのだった。

日々は穏やかに過ぎていき、春が過ぎて梅雨も終わった。

蒸し暑い初夏の午後、その日は明るいうちに政隆が帰ってきた。

「あっ、おじさまだ」

自動車のエンジン音が門の方で聞こえると、庭先で遊んでいた子供たちは、ぱっと顔を上げた。最初に珠希が立ち上がる。

「それじゃあ、手を洗いましょうか。泥だらけの手で飛びついたら、旦那様の服が汚れてしまいますからね」

そろそろ遊びを切り上げたかったので、ちょうどよかった。龍郎が言うと、珠希も凜太も素直に水場へ向かう。

そのかわり、大きな声を上げたりバタバタ走ったり、やかましかった。

「おうちの中に入ったら、走っちゃいけませんよ」

後ろから子供たちを追いかけつつ、注意をするが、「はーい」と言いつつ走っている。

近頃、落ち着きのない子供たちに手を焼かされることもたびたびだった。

政隆に懐くようになって、子供たちの日頃の様子に変化が表れていた。仁王様のように恐ろしくも頼もしい庇護者がいると、気づいたからだろうか。

二人とも、隠居屋では息をひそめてひっそりと暮らし、本宅に来てからもまだ、すっかり安心したわけではなさそうだった。

でも今は、毎日元気いっぱいだ。注意しないとあちこちに行ってしまう。天治が遊びにくるとさらにやんちゃが加速するので、もはや野生の獣を追いかけているかのようである。

疲れるし、時にうんざりするのだが、一方で龍郎は、そんな変化が嬉しかった。

珠希も凜太も、以前は片時も離れず、互いの姿が見えないと不安になった。今も仲良しだが、少しくらい離れていても平気だ。

「おじさま、おかえりなさい！」

手を洗った珠希は、凜太の手を引いて玄関へと走る。政隆の姿を見つけると、ぴょんと飛びついた。政隆も珠希を見ると相好《そうごう》を崩し、甥を抱き上げる。

「ただいま。いい子にしてたか」

「してた！」

珠希は元気よく答えて、政隆の首に抱きついた。

政隆は珠希の血縁で、今は家族である。珠希はそれが嬉しいのだ。

初めて政隆に抱き上げられたあの夜、ベッドに入った珠希は、龍郎に尋ねた。

『おじさんは、おとうさんのおにいさんだよね。それって、ぼくのかぞくなの？』

龍郎はそうだと答えた。珠希は嬉しそうに笑った。

『たつろーとりんたと、いっしょだね。ぼく、かぞくがほしかったんだ』

無邪気な言葉に、胸を突かれた。龍郎も、凜太と珠希と分け隔てなく接しているつもりだが、珠希はあくまで仕える相手だ。本物の兄弟とは違うということを、珠希も理解していたのだ。

そんな珠希は、自分にも家族ができたことが何より嬉しいのだろう。政隆も、実の息子のように珠希を見ている。

「また重くなったな」

三日前も同じことを言ったのに、今日も抱き上げては目を細める。

「おかえりなさい、ませ。だんなさま」

凜太は珠希から少し遅れて、ぺこりと頭を下げた。

いくら珠希と仲良しでも、政隆と珠希は主人で、自分たちは奉公人だ。龍郎は凜太に、常常そう言い聞かせている。

だから凜太も、珠希を真似て飛びついたりはせず、一歩下がって挨拶するようになった。

そうは言っても、政隆は珠希と同じように凜太を可愛がってくれるのだが。

「ただいま。凜太もおいで」

政隆は言って、片腕で珠希を抱え、空いた手を広げる。凜太がおずおず近づくと、その身体をすくい上げた。

「わー」

凛太がはしゃいだ声を上げる。夜の階段で顔を合わせた時はエビぞりになっていたが、今は珠希と一緒に抱っこしてもらうのが嬉しいようだ。

「凛太も重たくなったな」

そう言われて、照れ臭そうにもじもじしていた。いつもの平和な光景だ。

(あれ?)

龍郎はしかし、政隆の表情にふと違和感を覚えた。

子供たちに接する様子は普段と変わらないが、表情がどこか硬い気がする。

(何かあったのかな)

仕事で大変なことや不愉快になることもあるはずだが、政隆は決して表に出さない。疲れた顔で帰ってきても、使用人に対して不機嫌になることはなかった。

今日の様子は、疲れている時の表情とも異なる。珍しいことだと思いつつ、少し嫌な予感がした。

「俺は大人たちに話がある。子供たちは二階に行っててくれ。できるかな?」

その場には龍郎と子供たちの他、佐枝と光江が主人を迎えに出ていた。

政隆は子供たちを腕から下ろすと優しく言い、珠希も凛太も、力強くうなずく。

「りんた、いこ」

「んっ、はいっ」

二人で連れ立って、子供部屋へ向かう。政隆は子供たちが見えなくなるまで優しく微笑みをたたえていたが、やがて真顔になって龍郎たちに向き直った。

「いささか困ったことになった。急な話だが今夜、叔父が食事に来ることになった」

「繁盛《しげもり》様ですか。確かに急なことですね」

佐枝も少し驚いた顔になる。繁盛は、政隆の後見だった人だ。龍郎も話には聞いていたが、今日まで繁盛が本宅に現れたことはなかった。

「珠希の顔を見たいそうだ。まだ食事の作法を教えていないからと、一緒に食事をさせることは断ったが。挨拶をしないわけにもいかない。龍郎、頃合いを見て呼ぶから、その時に珠希を連れてきてくれ。珠希にはこれから、俺が説明する」

「かしこまりました」

政隆が顔を強張《こわば》らせるような相手なのだろうか。気になったが、この場で尋ねることはできなかった。

「繁盛様？　そうね、私もお姿を見たことがあるだけだから、何とも言えないけど」

光江に尋ねると、彼女は返答に迷う様子を見せた。

その日、龍郎は珠希と凛太と夕食を早めに終えた。政隆から話を聞いた珠希は、ちょっと緊張している。

繁盛は気難しい人だから、気をつけてほしいと政隆に言われたのだ。

政隆が言うからには、相当なのだろう。それで、お茶をもらいに台所へ行くついでに、こっそり光江に尋ねてみたのだ。

光江は龍郎を連れて女中たちが休憩をする部屋に入り、誰もいないそこで教えてくれた。

「旦那様はたいへん気を遣われてらっしゃるわ。何しろ子供の頃にお世話になった方だから。でも私がお会いした印象では、それほど気難しい方ではないわ。むしろ鷹揚《おうよう》な方かも」

ではなぜ、政隆は珠希に気難しいと言ったのだろう。

「それだけ、油断してはならない相手だからでしょう」

怪訝《けげん》な顔をする龍郎に、光江は声を低くして答えた。

「繁盛様と旦那様は叔父と甥、続柄だけ見れば、旦那様と珠希様の関係とほぼ同じだけど。それほど近しい関係ではないの。ああ、お二人の仲は良好よ。表向きはね」

どうも不穏な言い方だ。

「表向き、というと。裏では確執があるんですか」

率直に尋ねると、光江はまた迷うような仕草を見せた。

「確執、というわけでもないと思う。私も佐枝さんから聞いているだけで、詳しい話はそれこそ、旦那様と繁盛様しかご存知ないでしょうけど。旦那様が子供の頃にお世話になったのは本当よ。良くしてもらったみたい。ただ、旦那様が自由な方だから忘れがちだけど、春野家は伯爵家、もとは六万石という大禄《たいろく》のお大名様ですからね。お家の跡目が絡《から》めば、肉親といえども油断できないのよ」

政隆の父には繁盛以外、兄弟姉妹はいない。腹違いの兄弟はいたようだが、庶子として正式には認められていなかった。

代替わりして政隆が当主になったが、その政隆は独身で跡継ぎがいない。異母弟も亡くなって、近しい血縁は繁盛と、そして甥の珠希だけだ。

一方で、繁盛は華族の子女を妻に娶《めと》り、二男三女をもうけている。二人の息子にはすでに妻子がいた。

「本家の跡目が、繁盛様の分家筋に移るかもしれないんですね」

「それは今後の、旦那様のお考え次第だけどね」

この先も政隆が独身のまま、跡継ぎができずにいれば、いずれは誰かを養子にして跡を継がせなければならない。

それを誰にするかは政隆次第だが、分家の当主で政隆の後見人でもあった繁盛が、ただ傍観しているはずがない。

「旦那様が珠希様を可愛がっていることを、どこからか知ったのかもしれないわね。それで様子を見に来たんでしょう」

政隆が珠希を養子にする可能性も、あるかもしれない。今の二人を見ていると、それが自然な気もする。

もし珠希が本家の跡継ぎとなった時、繁盛はそれをどう思うか。

政隆が珍しく顔を強張らせていたのを見るに、繁盛は珠希の存在をよく思っていないのかもしれない。

自分が本家筋になる野心を持っているなら、珠希は邪魔な存在だ。

「ど、どうしましょう。珠希様はまだ、礼儀作法など習っていません。華族様にちゃんと、ご挨拶できるでしょうか」

龍郎が親から教わったような躾《しつけ》は、日常の中で教えているが、厳しくはしていない。華族と庶民では異なるものが少なからずあるのではないだろうか。

子守りの自分が至らないせいで、珠希が笑われたらどうしよう。

「心配しなくても、旦那様が付いているから大丈夫よ」

青ざめていると、光江が笑って言った。

「でも、相手が値踏みしているかもしれない、ということは、私たちも心に留めておきましよう」

光江の言葉にうなずいて、珠希の部屋に戻った。

それから珠希を新しい洋服に着替えさせ、いつ呼ばれてもいいように待機する。

子供たちには、政隆から珠希の親戚が来ると伝えてある。でも凛太は、珠希だけかしこまった洋服に着替えるので、不安そうにしていた。

「たまさま、だいじょうぶ？　たまさま、どっかいっちゃわない？　りんたも、ついていったほうがいいんじゃない？」

何か珠希の身によくないことが起こるのではないかと、着替えた珠希の周りを落ち着きなくうろうろ歩き回る。大丈夫だよと、龍郎が何度もなだめなければならなかった。

「凛太はここでお留守番。大丈夫、大叔父様にちょっとご挨拶をして帰ってくるだけだから」

そうこうしているうちに、佐枝が珠希を呼びに来た。繁盛が到着したらしい。

「りんた、大丈夫だよ。すぐもどってくるから、いいこにしててね」

珠希だって不安だろうに、一人残されて泣きそうになる凛太に、珠希はぎゅっと手を握って言った。

龍郎は珠希の手を引き、佐枝に付いて一階の応接室へ向かった。佐枝が中に声をかけると、政隆の応《いら》えがあった。

龍郎が付き添うのは、入り口までだ。珠希を佐枝に託す。

珠希は龍郎が手を離した一瞬、不安そうにしたが、「頑張ってください」と口だけ動かして励ますと、しっかりうなずいた。

佐枝が珠希を連れて中に入る時、開いたドアからちらりと、応接椅子に座る繁盛の姿が見えた。

還暦近いはずだが、真っ黒な髪と豊かな口ひげをたくわえている。目元は政隆に似ている。政隆より小柄で、そのせいか厳めしさはなく、温厚そうな印象を受けた。

ドアが閉まる直前、繁盛が珠希を振り返った。にこりと微笑む表情が最後に見える。ドアは龍郎の前で閉まったが、微笑む前の繁盛の目が、怒気を含んで睨んでいるように見えた。

ほんの一瞬だから、気のせいかもしれない。ただ、その後の張り付いたような笑顔と相まって、龍郎にはひどく恐ろしく感じられた。

珠希が繁盛に接した時間は、本当にほんのわずかな時間だった。

中からは繁盛のものらしい、穏やかな笑い声も聞こえ、間もなく佐枝と共に珠希が部屋から出てきた。

「しつれいいたします」

大人が促さないうちから、珠希は挨拶をしてぺこりと頭を下げる。龍郎はその場で拍手をしたくなった。

澄ました顔をしていた珠希は、ドアが閉まると途端に、龍郎に抱きつく。

「大おじさま、こわくなかった。やさしかったよ」

佐枝と別れて子供部屋へ戻る途中、珠希は嬉しそうに言った。

「大おじさまは、おじさまのおじさまだし、ぼくのおとうさんのおじさんなんだって」

血縁が増えて嬉しい、といった様子だ。先ほど怖いと感じたのは、ただの思い込みだったのだろう。

龍郎はほっと胸を撫《な》で下ろした。


その夜、子供を寝かせた後、水差しの水を替えに一階に下りると、書斎から出てきた政隆に声を掛けられた。

「もう子供たちは寝たか？　なら、ちょっと付き合え」

この強引な誘いも久しぶりだ。気持ちが自然と浮き立った。

書斎に入ると、すでに徳利《とっくり》と二人分のお猪口《ちょこ》が用意されていた。それはいいのだが、急須と湯呑《ゆのみ》、それから豆大福が並べられている。

「豆大福は酒のあてだ」

聞いたことのない組み合わせだ。しかも、酒のあてだと言ったそばから、席に座るなり豆大福にかぶりついた。

龍郎が湯呑に注いだ煎茶《せんちゃ》を飲んで、ほっと息をつく。

「やはり、甘い物は落ち着くな」

なんてことを言うので、龍郎はつい笑ってしまった。政隆がじろりと睨んでくる。

「何がおかしい」

「すみません。いえ、お可愛らしいと思って……すみません」

「獅子舞だの可愛いだの、主人に向かって失礼な奴だ」

むすっとした声で言うが、本気で怒っているわけではないようだ。口元が笑っていた。

お前も食え、と豆大福を勧められるので、龍郎もありがたくいただいた。柔らかな餅と上品な餡《あん》の甘さ、それに豆の塩気が絡んで美味しい。甘じょっぱいので、確かに酒にも合うかもしれない。

「叔父のこと、珠希は何と言っていた？」

龍郎がお茶を飲み、一息ついたのを見て、政隆が切り出した。それが聞きたくて誘ったのだろう。

「大叔父様は怖くなかったと、仰《おつしや》ってました。縁者が増えたことを、素直に喜んでいらしたようです」

ありのままを伝えると、政隆は少しほっとした顔をした。

「そうか。それならいいんだ」

珠希はこれまで幼い身で不遇を受けてきた。甥が怯えていないか、怖い思いをしたのではないかと心配なのだ。

豆大福を食べ終えると、政隆はお猪口に酒を注いだ。龍郎も勧められてお猪口を手に取る。酒はすっきりとして香りがよく、龍郎にはいつかの火酒より、こちらのほうがずっと飲みやすく、美味しく感じられた。

すぐに飲み干すと、いける口だと思われたのか、また酒を注がれる。政隆も同じ速さで酒を飲んでいた。

「このことはまだ誰にも、佐枝にも言っていないが……俺はいずれ、珠希を養子にするつもりだ」

二杯目の酒に口をつけた時、政隆が不意にそう告げたので、驚いた。

「珠希を跡継ぎにする。あの子に重荷など背負わせたくはないが、できる限りのものを残してやりたいと思っている」

佐枝にさえ話していないことを、なぜ今、龍郎に話すのか。その理由はわからないが、きっと誰か、誰でもいいから打ち明けたいのだと思った。

龍郎はただの子守りで、赤の他人だから、ぽろりと吐露するのにちょうどいいのかもしれない。そう理解して、黙ってうなずく。

「叔父が今夜訪れたのは、たぶんそういうことを聞きたかったからだろう。のらくらかわして答えなかったが」

唇の端を歪めて笑う。それで、政隆の繁盛に対する感情が何となくうかがえた。

叔父と甥、けれど珠希とのような、優しい関係ではないのだ。

「叔父には世話になった。父を亡くした当時、俺はまだ小学生だったし、母も奥のことしか知らない。あの時はまだ佐枝もいなかったから、俺たち母子が頼れる者は叔父しかいなかった」

まだ政隆と龍郎が互いの正体を知る前、親を亡くした龍郎に、政隆は自分も似た境遇だと言って、寄り添う言葉をかけてくれた。

きっと子供の頃の政隆も、突然に父を亡くして途方に暮れただろう。

「我が家のために、叔父が心を砕いてくれたことがあったのは確かだ。だから、叔父のことを信頼したいと思っていたんだ」

でも、信頼できなかった。そんな口調だ。

龍郎は自分から尋ねることはせず、ただ耳を傾けて政隆が話すのに任せた。

「叔父は事業が上手くいっていないんだ。といっても、今に始まったことではなく、昔からなんだが。あの人は商売に向いていない。人に任せておけばいいのに、自分から何かしようとして失敗する。そのたびに本家で金を融通してきた」

政隆の祖父が家督を長男に譲る際、次男である繁盛にも財産を分け、事業の一部を承継させた。

その事業を、今は繁盛とその二人の息子が経営している。

ただ、政隆の父が存命中から、投機に失敗するたびに赤字を本家が補填《ほてん》してきた。父の死後、政隆が子供だった頃は、後見人であるのをいいことに、本家の金を自分と自分の事業のためにだいぶ使い込んだようだ。

「俺は成人後にそれを知ったが、成人前のことについては目をつぶることにした。叔父には世話になったからな」

赤字を埋めて、それで事業が上向く時期もあるのだが、そうした成功がなまじあるせいで、繁盛は失敗しても懲《こ》りないようだ。

しかし、父の代のように、いつまでも叔父の尻拭《しりぬぐ》いを続けるのはごめんこうむりたい。すぐに断ったのでは角が立つので、融資についても一部は認めたり、もう少し事業を人に任せてはどうかと、経営に長《た》けた人材を紹介したりもした。

政隆は、こちらで事業を買収する話も持ち掛けた。政隆の会社に吸収して、繁盛や従兄弟《いとこ》たちをその会社の従業員として、給料を払うことを提案したのだ。

しかし、分家筋とはいえ元大名家という矜持《きょうじ》が繁盛にも息子たちにもあって、その話は強く拒否された。

結局、政隆が成人してから、三度ほど融資をした。

おかげで一時は持ち直したが、最近になってまた、経営が危うくなっているらしい。

「自分の子か孫を本家に入れて、俺の資産を受け継がせたいと考えたとしても、おかしくはないよな」

「今日、繁盛様から何か言われたんですか」

「いいや。ただ珠希を今後どうするかについて聞かれただけだ。しかし、隠居屋での件が引っかかっていてな」

イトは窃盗の罪で服役が決まった。賭博の金に困っていたと言う。政隆はチヨにも事情を聞いたが、イトが隠居屋の調度を売り払うのを黙認していたことは認めたものの、怖くて逆らえなかったとしか言わなかった。

イトは繁盛からの紹介だ。その女中が問題を起こしたことを、政隆も繁盛に伝えたが、返ってきたのは通り一遍の謝罪だけだったそうだ。

「チヨは本家の使用人の縁者だが、その使用人も先々代と先代の時代にいた者だから、伯父と繋がりがあっても不思議じゃない」

チヨの孫は、繁盛のもとで働いている。

「珠希様がいじめられていたのは、繁盛様の命令だったかもしれない、ということですか」

龍郎が恐る恐る推測を口にすると、政隆はうなずいた。

「証拠は何もない。憶測だけだが、材料が揃ってるだろう。珠希を苛《いじ》め抜いて追い出すか、あるいは事故に見せかけて害そうとしていたかもしれない」

「そんな……」

最悪の事態を想像して、背筋が冷たくなった。まさか、幼い子供にそんなひどいことを考えるなんて、思いすごしであってほしい。

「元大名家だの華族だのというのは、ドロドロとしているものだ。お家騒動にはならなくても、世継ぎを巡って子供が狙われることは昔からあっただろう」

政隆は皮肉げに笑う。そんな話を聞いたことはあるが、龍郎にとっては芝居や小説の中のできごとだった。

「そんな顔をするな。珠希は無事だし、子守りに入ったのがお前でよかった。……たとえおさげの女装男でもな」

「その節は、大変申し訳ありませんでしたっ」

獅子舞を根に持っていて、きっと意趣返しなのだ。龍郎は目元を赤くして睨むと、政隆は楽しそうに笑った。

龍郎は、政隆のこういう笑いが苦手だ。どこか艶めいているくせに、目元が甘く優しくて、見つめられると冷静でいられなくなる。

「暑くなったな。窓を開けようか」

顔が熱くなったのを、酒を飲むことでごまかしていると、政隆が窓の方を見て腰を浮かしかけた。龍郎は急いで立ち上がる。

「開けてまいります」

そうして、書斎机の奥にある、観音開きの窓を開けようとしたのだが、うまく開かない。

「これは、コツがいるんだ」

声がして、背後から腕が伸びた。背中に政隆の温度を感じて、どきりとする。外国煙草と香水の混じった匂いが仄《ほの》かにした。

政隆が押すと、窓は難なく開いた。涼しい夜風が流れ込んでくる。

「あ……ありがとうございます」

振り返ると、思っていた以上に相手の顔が近くにあった。龍郎は小さく息を呑む。

どうして彼を意識してしまうのか、わからなかった。意識したくてしているわけではない。自分でもわけがわからないまま、ただ心臓の鼓動がやたらと速くなり、体温が高くなる。

政隆もなぜか、黙ってこちらを見下ろしていた。切れ長の美しい双眸《そうぼう》に見つめられ、龍郎は目がそらせない。

引き結ばれた唇がわずかに開いたので、龍郎は思わず身じろぎした。

政隆がそれを見て、ふっと息を小さく吐いて笑った。龍郎も呪縛が解かれたように、身体の緊張が解ける。

けれど、政隆が再び手を伸ばしてきたので、身体が強張った。

「髪は切らないのか」

政隆は、龍郎の頬に垂れた後《おく》れ毛を指ですくって、耳にかけた。指先が耳に触れて、ぞくりと背筋が震える。それは今まで経験したことのない、甘やかな感触だった。

「願掛けでもしているのか？　女装をするために伸ばしていたのか」

すぐに返答ができずにいる龍郎に、政隆は訝《いぶか》しむでもなく、ゆっくり優しく言葉を重ねる。

「え、あ……いえ。もとはかもじ屋に売ろうと思って、伸ばしていたんです。今はもう必要ないので、切ろうと思っているんですが」

毎日、子供たちの相手をしていると、時間があっという間に過ぎてしまう。それで何となくそのままになっていた。

しかしよく考えたら、立派なお屋敷に勤めるのに、ふさわしい髪形ではないかもしれない。

「あの、すぐに切ります」

佐枝や光江には何も言われていないが、だからといっていいわけでもない。政隆にしっかりお仕えしたいと思っていたのに、自分の身なりにまったく頓着《とんちゃく》していなかった。

「そうか。別に、そのままでも構わんぞ。おさげでもちょんまげでも、良く似合っている」

似合っている、と言った時の政隆の声が甘やかで、またドキッとしてしまった。

おさげと言うと龍郎がむきになるので、からかっているのだろう。いたずらっぽい笑顔だ

った。

軽く睨むと、相手の笑みはいっそう甘く艶めいたものになる。熱く火照《ほて》った龍郎の頬を、夜風が撫でた。

「涼しいな」

政隆は言って、ようやく目を窓へ逸らした。これ以上、見つめられたらどうなってしまうのかと、追い詰められた気分だったから、少しだけホッとする。

あるいは政隆も、そんな龍郎の内心を見透かしたのかもしれない。龍郎はそのまま、遠くを見つめる精悍《せいかん》な横顔を眺めていたが、ふと思いついたことを口にした。

「旦那様。旦那様は珠希様をご養子にされるとおっしゃいましたが、奥様はおもらいにならないのですか」

子守りには過ぎた質問かもしれない。ただ気になったのだ。もし政隆が妻を娶り、実子が生まれたら、珠希は窮屈な思いをするかもしれない。

政隆は珠希をないがしろにはしないだろうが、彼の妻はどうかわからないだろう。

「この年で妻をもらわないと、もうすっかり変人扱いだが。俺はこの先も妻は持たない。一生独身だ」

さばさばした口調で、政隆は答えた。もうずっと前から心に決めている、そんな様子だった。

「女は苦手だ。玄人《くろうと》はともかく、素人《しろうと》の女は特にな。どうしても母を思い出す」

窓の外を眺める横顔が、苦い笑いに歪んだ。悲しみの混じった顔だった。

「俺の母は、妾《めかけ》だった珠希の祖母とその子供を、ひどく憎んでいた」

椅子に戻ってから、政隆はぽつぽつと過去の話を始めた。

それは政隆の子供の頃、珠希の祖母と父、そして政隆の母にまつわる思い出話だった。

龍郎も、チヨから話の一端を聞いていた。噂だとチヨは言ったが、あながち間違った噂でもなかったようだ。

珠希の祖母、お園《その》は政隆の父からたいそう寵愛《ちょうあい》されていた。お園が子供を身ごもったのを機に、政隆の父は本宅の敷地に離れを建てて彼女を住まわせる。

そして弟が生まれた。政隆が五つの時だ。父は喜んだが、母はいっそうお園を憎んだ。

「向こうの母子を見る時の母の形相が、子供ながらに恐ろしかった」

政隆は苦く笑って、お猪口をあおった。徳利の酒がなくなり、代わりを持って来ようと腰を浮かせた龍郎を制して、政隆は戸棚から洋酒の瓶とグラスを取り出してきた。

「みんな、母を美人だと言う。昔の写真を見ると確かに美しい。だが俺は、母を美しいと思ったことがない」

政隆の記憶にある母の顔は、陰気な目をした幽鬼のような表情か、激しい憎悪に目を吊り上げる般若《はんにゃ》の様相だった。

お園は正妻の憎悪に気づいていたのか、滅多に離れから出てこなかった。同じ邸宅の中にいて、顔を合わせる機会もほとんどなかったが、母子の姿を見かけると、政隆はいつもひやりとしたという。

母はまた、政隆に決して彼らと親しくならないよう、執拗に言い聞かせた。同じ華族から伯爵家に嫁いだ母は、お園親子を下賤《げせん》の者だと蔑《さげす》んでいた。政隆が悪い影響を受けると恐れていたのである。

「だが俺は、あの親子が嫌いではなかった」

離れ家で幼い子供とひっそり暮らすお園は、政隆の母が揶揄《やゆ》するような、下品で贅沢を好む人ではなかった。

儚《はかな》げで美しく、母の目を盗んで遊びに来た政隆にも優しく、甘いお菓子をくれたり、赤ん坊だった弟を抱かせてくれたりもした。

弟は少し大きくなると、政隆を「あに様」と呼んで懐いた。政隆も、弟を可愛いと思っていた。

やがてそれが母の知るところとなり、政隆は折檻されたし、お園もひどく責め立てられたと聞いて、政隆は離れに行くのをやめた。

それでも父の手前、母が表立ってお園親子を虐《いじ》めることはなかったが、父が死んで屋敷の空気は一変した。

母は父の葬儀を終えてすぐ、お園親子を母屋《おもや》へ屋移りさせ、離れを取り壊した。離れがあった場所に薔薇《ばら》園を造らせたが、土が悪かったのか花は咲かず、今は土蔵が建てられている。

母はお園を使用人のように酷使した。いや、当時の待遇を考えても、使用人の方がいい扱いだった。

お園はもとは売れっ子の芸者で、政隆の父の妾になってからは何人もの女中がつき、身の回りのことに苦労をしたことはなかった。

お屋敷の下働きなど、すぐにできるはずがない。政隆の母は慣れない仕事に手間取るお園を罵《ののし》り、時にあげつらった。

まだ六つだった弟も下働きに駆り出され、仕事ができないと母子ともども折檻された。

側妻《そばめ》への振る舞いに、最初のうちは使用人たちも気の毒がり、何かとお園親子をかばうこともあった。

しかし、母はそんな使用人たちを解雇したり、難癖《なんくせ》をつけて折檻したりと、見せしめの報復を繰り返した。

折檻を受けるという点では、政隆も同様だった。

食べ物も着る物も満足に与えられず、怯えて暮らすお園と異母弟を見ていられず、政隆はたびたび食べ物を差し入れた。

けれどそれが母に見つかると、政隆を折檻して部屋に閉じ込めるだけでなく、お園や弟が政隆の何倍もの折檻を受けるのだった。

「使用人たちも解雇を恐れて、お園たちをかばうことはなくなった。俺もそうだ。母が怒りだすもののようになるのが怖くて、何もできなかった」

そう言った政隆は遠くを見つめていたが、そこには今も、お園と幼い弟の姿が見えているようだった。

お園もこのままこの屋敷にいるよりはと、息子を連れて春野家を出ようとしたらしい。

しかし政隆の母は、これも許さなかった。己の手でどこまでもお園を苦しめたかったのかもしれない。

「自分も苦しいだけなのに、母は妾とその子を虐げることに、取り憑《つ》かれたようだった」

弟は春野家の子だから置いていけと言い、お園は一度は断念した。だがその後、息子を連れて逃げようと画策する。

政隆はこれを知って、密かに手伝った。子供ながらに、お園と弟はたとえ外で苦労をしても、この家にいるよりはましだとわかったからである。

「だが俺がへまをやって母に見つかり、お園と弟は座敷牢《ろう》に閉じ込められた」

龍郎はそれを聞いて、ごくりと喉を鳴らした。

「あるんですね、座敷牢」

チヨに聞いた噂は本当だったのだ。身を強張らせて話に入り込む龍郎の様子がおかしかったのか、政隆は笑った。

「もとは牢ではなかったんだがな。ほら、半地下のあの食料庫だ」

この屋敷には、半地下の食料庫がある。窓も何もない、年中ひんやりとした、灯りをつけてもぼんやり暗い貯蔵庫だ。とても人がいられる場所ではない。

そこに女性と幼い子供を閉じ込めていたと聞いて、龍郎は思わず身震いしてしまった。

「俺が脱出を手伝わなければ、母もあれほどひどいことはしなかっただろう。俺が母の憎しみの火に油を注いだようなものだ」

政隆が助けようとすると、お園と弟がいっそうひどい目に遭う。当時の苦い思い出が後に、珠希と触れ合うことをためらわせたのだ。

だが不幸中の幸いにと言うべきか、母子はそれから十日のうちに、座敷牢から抜け出して春野家を出た。

座敷牢、貯蔵庫は中から鍵《かぎ》が開かないようになっているから、誰かが外から開けて二人を逃がしたとしか思えない。

「確かめたことはないが、叔父が手引きをしたのではないかと考えている」

政隆がそう考えたのは、お園と弟がいなくなる前日、夜中に古い使用人が人目を忍ぶように、座敷牢のある方へ消えたこと、その時に繁盛の声が聞こえたような気がしたからだ。

政隆は夜中に目が覚めて、手水へ行こうと一階に下り、使用人を目撃したのだった。

そもそも夜中、この屋敷に出入りするのは簡単なことではない。内から手引きする者が必要だし、内部との協力を取り付けるのは一朝一夕にはいかない。

繁盛は成人までこの屋敷に住んでいたし、当時から仕えていた使用人もまだいた。彼以外に、政隆は思い当たらなかった。

「叔父も母がお園たちに何をしているのかは知っていたから、逃がしてくれたんだろうと思った。叔父に感謝したよ。子供の頃は、なんていい人なんだと思った」

本当に叔父がお園たちを逃がしたのか、もしそうなら理由は何だったのかわからない。

ただ、政隆を含めこの家の人々は、このままではお園親子が殺されるかもしれないと心配していたから、事の次第に誰もが安堵《あんど》した。

母だけはしばらくの間、怒りのあまり正気を失ったようになっていたが、やがて憎しみをぶつける相手がいなくなったせいか、糸が切れたように元気がなくなった。

急にぼんやりしたかと思えば、ぶつぶつと独り言をつぶやくことが増え、気が触れたのだと使用人が囁《ささや》き合った。

母の年齢は、今の政隆よりいくつか上といった程度だったが、髪が白くなり、顔も老け込んで老女のようだった。

背筋をぴしりと伸ばした人だったのに、猫背になって身なりにも構わなくなってしまった。

「それより前から、もう母は正気ではなかったのかもしれない」

激しい憎しみを見せ、癇癪《かんしゃく》を政隆にぶつけることはなくなったが、母親の憐れな姿は多感な少年を悩ませた。

母がもっとも喪失を覚えたのは、父の死ではなく、憎しみをぶつける妾がいなくなったことだった。

「母は厳しい人だった。俺は幼い頃から、温かい母の情を掛けられたことがない。優しい母を持ち、父に可愛がられる弟が羨《うらや》ましく、妬《ねた》ましかった。そして弟を妬む自分に、母と同じ血が流れていることに気づいて嫌悪した。今もしている」

悲しそうに微笑む政隆を見て、龍郎は胸が詰まった。

そして、佐枝が言っていたという天治の言葉の意味もようやく理解できた。

――旦那様は昔のことでたくさん傷ついてる。

政隆は、両親から親らしい愛情を受けたことがなかった。しかも同じ家の中で、同じ父に可愛がられ、優しい母を持つ異母弟の姿を目にしなければならなかった。

羨ましい、妬ましいと思うのは当然のことだ。けれど、母の妾への憎悪を見ていた政隆にとって、そんな当たり前の感情さえ母を想起させる、恐ろしいものだった。

「お前は思っていることがすぐ、顔に出るな」

正面から言われて、龍郎ははっと目を瞬《しばたた》いた。どんな顔をしていたのだろう。

「つらい半生、というわけじゃない。母も間もなく亡くなったが、その後は人の縁にも恵まれた」

老女のようになった母は、身体も弱くなり、お園親子がいなくなってすぐ、風邪をこじらせてあっさり亡くなってしまった。

母の妾と幼子への扱いに堪《た》えかねて、使用人もたくさん去った。母の実家から付いてきた使用人も辞めて、人がだいぶ入れ替わった。

以前は母が使用人の雇用を決めていたが、母の死後は家令に移り、新しく優秀な人材が揃うようになった。

その際に入ってきたのが、佐枝と光江である。当時の家令もほどなくして、老齢を理由に隠居したが、それまでに佐枝がきっちりと引き継いでくれた。

「若くして家督を受け継いだから、事業では苦労もあったが、財産もあってうるさい親もいない。自由気ままなもんだ。ただどうしても、女だけは苦手でな。そんな俺が妻をもらったら、また母のような不幸が起こる」

だから政隆は、妻を取らないことを決めたのだ。その決断を下すまでに、どれほど悩んだだろう。今だって、妻をもらえとうるさく言う人はいるはずだ。

見知らぬ人から変人だ偏屈だと噂され、冷血伯爵だのと言われても、彼は毅然《きぜん》としている。

龍郎は、改めて政隆に尊敬の念を覚えた。この人の強さと天真爛漫《てんしんらんまん》さは、苦労や痛みを知っているからこそのものだ。

「養子を考えようと思っていた矢先、弟が珠希を連れて頼ってきた」

政隆を頼ったのは、よくよく迷った末のことだったらしい。

病状が悪化し、他に頼れるものはすべて頼って、最後は物乞いのようなこともしていたという。自身の死を予感し、せめて珠希だけはどうにかしたいと、春野家の門を叩いたのだ。

春野家を出た当時、幼かった弟は、この家で過ごした記憶はあまり多くはなかった。ただつらくて怖かったこと、腹違いの兄がいて、彼が母と自分をたびたび助けてくれたことだけは覚えていたそうだ。

「弟はだいぶ面《おも》変わりしていたが、それでも一目でわかった。珠希は弟の幼い頃にそっくりだった」

懐かしそうに、政隆は微笑む。龍郎は胸が痛くなった。政隆は心から弟のことを大切に思っていたのだ。

「その頃にはもう、弟は回復は望めないと医者に言われたが、何とか生かしたかった。それでサナトリウムに送ったんだが、今思うと病人には遠方への移動は過酷だった。俺の身勝手でまた、弟につらい思いをさせてしまった」

「旦那様はその時々で、最善の決断をされたと思います」

つい、口を挟んでしまった。政隆があまりにも苦しそうだったからだ。

政隆だって、自分ではどうにもならなかったことはわかっているはずだ。龍郎と同じことを、今まで周りの人々にも言われてきただろう。

(旦那様の苦しみを、俺が肩代わりできたらいいのに)

政隆の傷をどうにかして癒してあげたい。自分でも驚くほどの強い思いが、龍郎の心の中に湧き上がっていた。

「いろいろあったけれど、珠希様は今、幸せです。弟様だって、最後は幸せだったと思います。……僭越なことを申し上げて、相すみません」

龍郎が我に返って最後に頭を下げると、政隆はおかしそうに喉の奥で声を立てた。

「お前と凜太が現れて、俺も珠希も変わった。お前たちには感謝している」

「感謝をするのは、俺たちの方です。珠希様の子守りに雇っていただかなかったら、どうなっていたことか」

「ならば俺たちは、出会うべくして出会ったのかもしれないな。俺と珠希、お前と凜太、互いに互いが必要だった」

それは良く言い過ぎではないか。何か言おうとして、怯《ひる》む。

こちらを見る政隆の目が、いつの間にか熱っぽく真剣になっていたからだ。

いや、そう思ったのはこちらの気のせいかもしれない。意味もなく恥ずかしくなって、すぐに顔を伏せてしまったから、確かめることができなかった。

ただ熱くなった頬に、政隆の視線をいつまでも感じていた。


子供たちを連れて遊びに出かけようと、政隆が言った。

繁盛の来訪を受けた、翌週のことである。

「考えてみたら、屋敷の中だけでどこにも連れて行かなかった。近々、珠希と凜太を連れて下町にでも出かけよう」

政隆がそう切り出したのは、天治がこの夏休みの間に、臨海学校に行くと言っていたのを聞いたからかもしれない。

天治はいつものように春野家に遊びに来て、海に行くのだと話し、海を見たことがないという珠希と凜太に、貝殻を拾ってくると約束した。

ちょうど政隆も仕事先から一時帰宅していて、それを聞いていたのだ。

「はい。ですが、凜太まで」

春野家は大らかだが、龍郎はまだ、奉公人なのに、という感覚が拭えない。

「凜太は珠希の護衛だぞ。大事な役目だ」

政隆はいたずらっぽく言い、次の週に四人で出かけることになった。

繁盛はあの夜に訪ねてきたきりで、春野家の屋敷は相変わらず平和な日々が続いている。

「おそと、いきたい！　どこにいくの？」

「うみ？」

政隆が子供部屋まで来て提案を告げると、珠希と凜太は目を輝かせた。それまで二人でごっこ遊びをしていたのに、わらわらと政隆にまとわりついてくる。

政隆は笑って二人を抱き上げた。

「下町だ。海じゃない。海はまたいつか行こう。下町にはいろんなものがあるんだ。動物園に行って、その後はそうだな、かき氷を食べるのはどうだ」

子供たちは、動物園もかき氷もぴんとこないのか、首をひねった。

「動物園には珍しい動物がいるんだ。かき氷は氷を砕いた上に、砂糖やしるこを掛ける。冷たくて甘くて美味い」

「つめたくて、あまいの？　すごい！」

「あまいのたべたい！」

珍しい動物より、子供たちは甘い物の方に興味津々《しんしん》だった。

いつ行くのか、政隆に食いつくように尋ねている。

「来週だ。あと六回寝たらな」

政隆は言ったのだが、その日から子供たちは、毎晩寝る時になると「あと何回寝たらかき氷か」と、龍郎に尋ねるようになった。

そうして、子供たちが六回眠って、お出かけの当日になった。

珠希と凜太は、夏用に誂えてもらったセーラー服と半ズボンに紺の帽子を被《かぶ》せた。水兵さんみたいで可愛らしい。

龍郎も今日は、真っ白な上着の上下とシャツを身につけていた。

「おでかけ、おでかけ！」

「かきごおり！」

服を着替えた子供たちは、ぴょんぴょん飛び跳ねて落ち着きがない。

「こらこら、うるさくしてはいけません。お行儀の悪い子は、お出かけできませんよ」

なだめすかすと、ぴたっと止まる。でもすぐにまた、やんややんやと騒ぎ出すのだ。

前の日にお出かけ用のセーラー服を出した時から、こんな調子だった。はしゃぎ疲れて眠ったのだが、朝起きたらもう、元気を取り戻していた。龍郎の方がぐったりしている。

「子供は元気だな」

騒ぎは屋敷の端まで聞こえたらしく、身支度を整えた政隆が苦笑しながら子供部屋にやってきた。子供たちはわっと政隆に駆け寄る。

「おでかけする？」

「かきごおり、もうたべられる？」

「ああ。これから出かけるが、かき氷はもう少し我慢しような」

政隆もまるで龍郎と揃いのように、薄い白地の上下にカンカン帽子という、少しくだけた装いだった。龍郎が着るよりも、モダンで世慣れた感じがする。

（二枚目だなあ）

龍郎はついつい、そんな政隆に見とれてしまった。ぼうっと見ていると、視線に気づいた政隆がこちらを振り返った。

龍郎の姿を上から下まで眺めてから、にやっと笑う。

「白い背広も似合っているが、お前にもセーラー服を作ってやればよかったな。さぞ可愛かったろうに」

「また旦那様は、そういうことを」

ひとりでに顔が熱くなる。睨むと、政隆は楽しそうに笑う。

政隆はよく、龍郎をからかう。こちらがむきになるのを見ては、甘やかに笑っている。

彼の過去を聞いた日から、さらにその眼差しが甘くなったような気がする。

（いや、気のせいだ）

そうやって言い聞かせるのも、もう何度目だろう。繰り返し、自身に念を押した。そうしないと、政隆の優しさを勘違いして、分不相応な望みを抱いてしまいそうになるからだ。

「準備はできたか？　よし、出かけるか」

政隆は子供たちを抱いたまま、部屋を出た。珠希と凜太は大喜びで「しゅっぱーつ」などと騒いでいる。

「こら凜太。下りなさい」

分をわきまえなければならない。龍郎が追いかけて注意すると、政隆は振り返って「いいんだ」と言った。

「二人一緒の方がいい。気にしないでくれ」

「でも」

「今日のところは無礼講だ。凜太も、お前もな」

政隆は強く言った後、いたずらっぽく片目をつぶってみせた。主人にそう言われては、龍郎もうなずくしかない。

玄関を出ると、車寄せに自動車が停《と》まっていた。下町まではこれで行くという。子供たちは大はしゃぎで、龍郎もそわそわした。

「もしかして、龍郎も車に乗るのは初めてか？」

「はい、実は」

「自動車は右足から乗るのが作法なんだ。気を付けろよ」

「は、はい」

龍郎は、生真面目《きまじめ》に返事をした。右足、右足……と、唱える。政隆が吹き出した。

「冗談だよ。そんな作法はない」

「旦那様、ひどいです！」

すっかり騙された。いや、騙される方が間抜けなのか。車の傍らに立つ運転手も、おかしそうに笑っている。

「悪かった、悪かった。さあ乗ろう」

促す政隆は、まだ笑っている。子供たちを抱き上げ、後部座席に座った。助手席が空いていたが、龍郎も後ろに座るように言われた。

「チビたちを抱えてないと、窓から乗り出しそうだからな」

確かに、珠希も凜太もすでに大興奮だ。政隆と二人並んで座り、珠希と凜太をそれぞれの膝に抱えた。

大柄な男と並ぶので、身体が密着する。煙草と香水の混じった政隆の匂いがして、ドキドキしてしまう。

「右に曲がる時は左に傾いてないと、車が横転するから気を付けろよ」

「もう騙されませんからね」

車が発進し屋敷を出ると、政隆がまた、真顔で冗談を言った。龍郎が言い返すと、口を開けて笑う。つられて子供たちも笑った。

快活な主人の笑顔をまばゆく感じながら、こうしてお供できる自分はなんて幸せなんだろうと思う。

あんまり幸せだから、この幸せが永遠に続くものではないということも、言い聞かせなければならなかった。

龍郎は子守りだ。珠希がもう少し大きくなれば、お役御免になる。

ごく当たり前のことなのに、今までだって忘れたわけではなかったのに、どうしてこの頃こうやって、自分の中で何度も確認しなければならないのだろう。

そしてなぜ、確認するたびに胸が痛くなるのだろう。

車が速度を上げると、涼しい風が吹き込んでくる。その風を心地よく感じながら、龍郎はほんの少し、寂しくなった。


下町に着くと、四人は車を降りて徒歩で町を散策することになった。

以前、政隆と偶然再会し、ぜんざいを奢《おご》ってもらった界隈《かいわい》だ。今日は良く晴れていて、人通りは前回にも増して多い。夏休みということもあってか、子供連れも多かった。

迷子にならないように、珠希は政隆が、凜太は龍郎が手を引いて歩く。

政隆が子供たちに「手をつなごう」と促すと、珠希は自然に伯父の手を取った。無邪気に伸ばされた小さな手を取る時、政隆が嬉しそうに目を細めるのを、龍郎は見た。

「かきごおり！　あまいの！」

「ひゃっこいの！」

最初は動物園に行こうと言っていたのに、子供たちがこんな調子できゃーきゃー騒ぐので、かき氷を先に食べることになった。

寺の門前の賑《にぎ》わいからいったん遠ざかり、問屋街の方面へ移動する。途中で、店先に氷旗を掲げた店を見つけた。

店先に床几《しょうぎ》が並び、そこで食べられるようになっている。

「あそこに氷を売ってる。あの店で食べよう」

氷旗を指して政隆が言うと、子供たちは目を輝かせた。大人の手を引っ張って走り出す。

店は菓子屋で、夏の間だけ氷をやっているようだ。子供たちは店先にある台鉋《だいがんな》の上の大きな氷に目を奪われていたが、奥にあるお菓子の棚に気づかれたら厄介だぞと、龍郎はハラハラした。まず間違いなく、動物園どころではなくなる。

政隆にそんな心配はないようで、子供たちと一緒になってはしゃいでいた。

みぞれを四つ注文する。台鉋でシュッシュッと氷が削られ、器に雪のようなかき氷が積もっていくのを、みんなで眺めた。

「ふわふわ」

「雪みたい」

床几に並んで座って、めいめいの器を持つ。甘い物に目がない政隆は、すぐ食べ始めるかと思いきや、隣に座る珠希が器を落とさないように、手を添えてやっていた。

龍郎も凜太を手伝って、弟が初めてのかき氷を口に入れる姿を見守る。

珠希もかき氷は初めてだった。子供たちが氷を食べる姿は、なかなか見ものだった。

ぱくっと口に入れてから、その冷たさにびっくりして目を見開く。

「つめたっ」

珠希が叫んで口を押さえ、凜太が頭を抱える。その感覚がよくわかるから、政隆も龍郎もおかしくなって笑ってしまった。

「あたまがきーんてする」

「ああ。一度に食べるとそうなるよな」

「お口もしびれる。おじさま、どうして？」

「冷たくて、身体がびっくりするからじゃないか」

子供たちと政隆の会話に笑いながら、龍郎もかき氷を口に入れた。冷たくて甘い。

昨年の今頃は、郷里にいた。凜太を隣家に預け、弟が日に日に元気をなくしていくことに不安を覚えながら、ただひたすらに働いていた。

頼れる人もいない。先の見えない暗闇の中を、歩き続けているようだった。

あの暗くて苦しい時間を振り返り、ここはなんて明るくて幸せなんだろうと思う。将来のことも考えなければならないけれど、もう少し、この幸せに浸っていたい。

「考え事か？」

いつの間にか、政隆がこちらを見ていた。珠希と凜太は、かき氷を口に入れてはお互いのほっぺや頭に手を当てて、冷たいだの冷たくないだの言って遊んでいる。

「遠い目をしてたぞ」

口調は軽いが、眼差しは真剣だった。そういえば、再会したあの時もそうだった。ぜんざいを食べながら先々のことを思い悩んでいたら、政隆が心配してくれたのだ。心配して、気にかけてくれる人がいるのが嬉しかった。あの頃は誰も頼れなかったから、余計にありがたかった。

しかも政隆は、佐枝の名刺をくれて、何かあったら頼れと言ってくれたのだ。

「氷が甘くて美味しくて、幸せだと思いまして。去年の今頃は、こんなふうに、のんびり氷を食べられるなんて思いませんでした」

政隆も、龍郎の郷里でのことを思い出したようだ。労《いた》わるような目になった。

「それから、以前に旦那様からぜんざいをご馳走《ちそう》になって、こんなふうに心配してもらったなあって」

言うと、相手は眩《まぶ》しそうに目を細めて微笑んだ。

「ああ。最初に会ったあの日から、お前のことが気になっていた。幼い弟を抱えて、それでも胸を張って歩いていたから。再会して、頑張っているんだなと感心したんだ。まさかあの家にいるとは思わなかったが」

「俺も、旦那様が雇い主だなんて、夢にも思いませんでした」

二人で笑い合う。政隆の顔がふと、真顔になった。

「なあ。これから……」

何かを言いかけた時、珠希が突然、すくっと立ち上がった。

「おしっこ」

氷を食べてお腹が冷えたらしい。ぶるっと震えるので、大人たちは慌てた。凛太が「りんたも、おしっこする！」と、勇んで宣言し、菓子屋の手水を借りることになった。

店の奥に入るついでに、子供たちはお菓子の並んだ棚にも気づいてしまった。お菓子を買いたいだの、もれるだのとてんやわんやになる。

政隆の話は中断されたままになった。

菓子屋を出て門前通りに戻った。予定ではこの後、お寺にお参りをして、それから動物園に行くはずだった。

けれど、仲見世《なかみせ》の賑わいについつい、四人の足が止まってしまう。

子供たちはあれなあに、これは、と尋ねてくるし、龍郎も帝都観光は初めてで、物珍しさに子供と一緒になって見入ってしまうのだ。

もっとも場慣れている政隆はと言うと、これまた子供と同様にはしゃいでいた。

「旦那様、小さい子みたいですねぇ」

政隆が帰りに買う土産について、今から真剣に吟味《ぎんみ》するのを見て、龍郎は笑いながらそう言った。政隆も自覚があるのか、いささかバツが悪そうに龍郎を睨む。

「俺だって、下町見物は久しぶりなんだ。お前と会ったあの日だって、仕事で立ち寄っただけだ」

「今まで、お仕事のお休みに遊びに出かけたりはしなかったんですか」

龍郎が尋ねると、「ない」ときっぱり返ってきた。

「仕事しかすることがなかったからな。遊ぶのも仕事の付き合いくらいだ。それだって、舟遊びだの芸者遊びだのと、大して興味のないことばかりで面白くない。家族でこうして遊ぶほうがずっと楽しい」

家族、という言葉が耳に残った。政隆はずっと、今のように家族と出かけたり、遊んだりしたかったのかもしれない。

「なんだ？　お前も凛太も家族だぞ」

龍郎の視線に気づき、政隆は快活に言う。龍郎は「えっ」と、驚いた。

「また奉公人だと言うか？　俺は佐枝も光江も家族だと思っている。珠希は一番近い家族だ。凛太と龍郎も、同じくらいかな」

屈託なく言うから、龍郎はまた「えっ」と声を上げてしまった。子供たちは大人に手を引かれつつも店に夢中で、政隆の言葉など聞いていない。だから龍郎は、一人でおたおたしていた。

「俺が勝手にそう思ってるんだ。別にいいだろ」

つん、とあごを反らしてうそぶく。ちょっと照れているのだ。龍郎はそう気づいて、胸がきゅっと跳ねるのを感じた。

「なんだ。黙ってないで何か言えよ。気まずいだろ」

「旦那様が照れるから、俺も照れてるんです」

「な……」

言い返したら、絶句していた。顔が赤い。龍郎は思わず、ふふっと笑った。

「大人をからかうとは、いい度胸だな」

政隆が睨む。いつもと逆だ。そうしてゆるゆる歩くうちに、寺の本堂まで辿《たど》りついた。

仲見世通りほどではないが、本堂の周りも人が大勢いる。四人揃って、観音様に手を合わせた。

「よし。それじゃあ次はいよいよ、動物園だな」

本堂から下りて、政隆は張り切っている。もしかして、彼が一番、動物園に行きたいのではあるまいか。

しかし動物園と聞いて、子供たちは今一つ乗り気ではなかった。

「どうぶつえん……トラがいるんでしょ」

「トラって、こわいんだよ。りんたたち、たべられちゃうかも」

そういえば以前、龍郎が子供たちに語った物語の中に、虎が出てくる話があった。旅人が虎に襲われて、命からがら逃げるというのを、子供たちは覚えていたのだ。

あんな話をしなければよかった。政隆が動物園に行きたそうなので、龍郎は「大丈夫」と、力強く子供たちを励ました。

「虎より断然、旦那様の方がお強いんですから。凜太や珠希様が襲われる前に、旦那様が退治してくださるって。ねえ、旦那様」

「……えっ？　あっ、ああ」

いささか無茶を言ったかもしれない。しかしともかく、子供たちは政隆の虎退治に興味を引かれたようだった。

どうする？　行ってみようか、などと囁き合う子供たちを連れて、本堂を離れる。

寺の裏手から動物園へ向かう途中、意気揚々と歩いていた政隆がふと、足を止めた。訝しむ顔で、授与所を見つめる。

「旦那様？」

龍郎も足を止め、視線を追った。授与所の前に、鳥打帽《とりうちぼう》を目深《まぶか》にかぶった小柄な男が立っていて、こちらに向かって何度も丁寧に頭を下げていた。何か呼びかけているが、離れている上に人が多くて聞こえなかった。

男がこちらに向かって歩いて来ようとする。政隆はさらに怪訝そうな顔になった。

「仕事で知り合った相手なんだ。だが、珍しいな。ちょっと話してくる。龍郎、子供たちを頼む」

政隆は手短に説明し、龍郎たちのそばを離れた。政隆にとっては何か、男の様子が気にかかるらしい。

龍郎はうなずいて、子供たちの手を握った。

しばらく見守っていると、二人は歩み寄って合流するのが見えた。鳥打帽の男はやたらとぺこぺこ頭を下げている。政隆の身分を考えれば、恐縮して頭を下げるのも当然かもしれないが、先ほどの不躾《ぶしつけ》に呼びかけた様子とはなんだかちぐはぐに思える。

「ねえ、だんなさま、ほんとうにトラよりつよい？」

「トラって大きいんだよ。おじさまより大きいかも」

待っている間も、子供たちは大人しくしていない。何度も手を離そうとするから、そのたびに握り直した。

本当に、今日は人が多い。一度はぐれたら、子供たちを見つけるのは大変だろう。

次々に寺に参拝に来た人々が流れてくる。行きかう人と肩がぶつかったので、龍郎は子供たちの手を引いて、少し端に寄った。政隆は時折、ちらちらとこちらを振り返るが、鳥打帽の男と何やら話し続けている。

「そうだ。もし迷子になったら、さっきお参りした本堂に……」

万が一、はぐれた時のことを考えて子供たちに言い聞かせようとした。

言葉の途中で後ろから、誰かにどん、と突き飛ばされる。あまりに強い力だったので、龍郎はその場に膝をついた。珠希と凜太を巻き込みそうになり、咄嗟に手を離した。

「えっ……」

びっくりして背後を振り返ると、徒党を組んだ少年たちが五、六人、ニヤニヤ笑っていた。みんな、天治くらいの年恰好だ。その中の一人が、わざと龍郎の背中を突き飛ばしたらしい。

「こらっ、危ないだろ」

いたずらにもほどがある。叱ったのだが、少年たちはニヤニヤ笑うばかりだった。

一人が「行こうぜ」と号令をかけると、全員がいっせいにバタバタと授与所の方へ走っていく。ケラケラとけたたましい笑い声を上げたり、中には奇声を上げて走る少年もいた。

通行人を突き飛ばす勢いなので、みんな何事かと少年たちを振り返った。

龍郎も地べたに倒れたまま、そちらに気を取られていた。「あっ」と、凜太の声が聞こえなければ、しばらくそうしていただろう。

そういえば、子供たちの手を離していた。慌てて振り返る。

たった今まで立っていた場所に、子供たちの姿がなかった。

「にぃー……っ」

再び声がして顔を上げると、珠希と凜太が、見知らぬ男たちに連れ去られていくところだった。

「凜太っ、珠希様！」

男が一人ずつ、珠希と凜太を脇に抱えて走っていた。身を捩《よじ》ってもがく子供の口をふさいでいる。

龍郎は青ざめて男たちを追いかけた。なぜとか、誰なのかとか考えている余裕はない。政隆がどうしているか、後ろを振り返ることも思いつかなかった。

境内を出てすぐの路地に、車が停めてあるのが見えた。座席のドアを開けている。男たちはそちらに向かって走っていた。

身軽な龍郎は境内の端で男たちに追いついたが、すんでのところで車に乗り込まれてしまった。

運転係なのだろう、ドアを開けて待っていた男に、何も言わずに顔を殴りつけられた。一瞬、目の前が暗くなる。

「にいちゃーっ」

「たつろー！」

子供たちの叫び声が聞こえて、我に返った。視界が戻ると、龍郎は自分が車の前で膝をついていることに気づいた。車が発進した。

龍郎は夢中で立ち上がる。足がふらついたが、必死に走って車の窓枠を摑《つか》んだ。

凜太を押さえつけていた男が気づいて、また顔を殴りつけられる。それでも龍郎は離さなかった。この手を離したら、もう二人に会えない気がした。

「にいちゃっ」

凜太が男の手に嚙《か》みついて、殴られるのが見えた。珠希の悲鳴が聞こえ、それまで無我夢中だった龍郎の中で、怒りが爆発した。

「貴様――っ！」

その激しい怒号が自分の声だったと、後で政隆から聞いた。龍郎からそんな声が出るとは思わなかったと。

凜太を殴った男の目に指を突き立てたのも、髪を鷲摑《わしづか》みにして引きずり出そうとしたのも、ほとんど無意識のことだ。

相手も抵抗して、何度か拳が顔に届いたが、龍郎はひるまなかった。

「龍郎！」

政隆の声がして、気づくと車が停まっていた。反対側のドアが開いて、子供たちが泣きながらそちらへ出て行くのが見えた。

いつの間にか、周りには人だかりができていた。車の中の男たちが逃げようとするのを、周りの見物客が小突いて押さえつける。

「龍郎」

怖い顔をした政隆が、珠希と凜太を抱いていた。子供たちは泣きじゃくり、龍郎を呼んでいる。元気な姿にホッとした。凜太も少し頬が赤いが、殴られたところは大した怪我《けが》ではなさそうだ。

「……よかった」

「龍郎、しっかりしろ」

悲痛な声で政隆が叫ぶ。自分は別に何ともないのに。そう考えたが、そう言えば男たちに何度か殴られたのを思い出した。

だがまあ、それだけだ。ホッとしたら、気が抜けた。へなへなとその場に崩れ落ちる。

「そうだ、動物園……」

政隆が楽しみにしていたのだ。立ち上がろうとして、目の前がぐるんと回った。

「龍郎！」

意識を失う最後に見たのは、政隆の泣き出しそうな顔だった。


突如として起こったその誘拐劇について、龍郎がすべての真相を聞かされたのは、それから一週間ばかり後のことだった。

あの日、意識を取り戻すと自分の部屋のベッドに寝かされていて、政隆がかたわらに座って龍郎の手を握っていた。部屋には明かりが灯っていて、どうやら夜らしいとわかった。

政隆は沈痛な表情をしていて、龍郎が目を覚ましたのを見ると、やっぱり泣き出しそうに顔を歪ませた。

「良かった。なかなか目を覚まさないから、どこかで頭を打ったのだと……」

政隆はそこで言葉を切り、顔を伏せた。握った手が震えていた。

「ご心配をおかけしました」

龍郎は空いた手を伸ばした。政隆の精悍な頬を撫でる。そうしなくてはならないと、なぜかその時思ったのだ。

びくりと相手の肩が震えたが、政隆は手を振り払わなかった。それどころか手を重ね、自ら頬を寄せた。

「……子供たちは？」

「無事だよ。お前のおかげだ。今は隣の部屋で寝ている。さっきまで、お前のそばにへばりついて離れなかったんだ」

龍郎は昼に気を失ってから夜まで、丸半日眠っていたらしい。頭を打った様子もなかったが、顔面をしこたま殴られていたので、政隆は心配していたという。

「もう大丈夫です。顔ばかりで、頭は打ってませんから」

元気なところを見せようと思い、起き上がろうとしたのだが、顔面に痛みが走ってつい、呻《うめ》いてしまった。

「無理をするな。医者の見立てでは骨は折れていないというが、ずいぶん腫《は》れてる。熱もあるんだぞ」

政隆は慌てた様子で、龍郎をベッドに寝かせた。そう言われれば、少し身体がだるい気がする。急にあんなことが起こったから、身体がびっくりしたのだろうか。

「でも、もう大丈夫です」

「いいから寝ていてくれ。こっちが気が気じゃない」

龍郎をベッドに押し込むと、政隆はこちらを見下ろしながら言い、泣き笑いのような表情

を浮かべた。

「お前は俺が、どれほどお前を心の拠《よ》り所にしているか、知らないだろう」

どういう意味なのか、問い質《ただ》そうとした。

しかしその時、隣の珠希の部屋から、声を聞きつけた子供たちが起きてきて、うやむやになってしまった。

「にいちゃん、だいじょうぶ？」

「たつろー、死んじゃうかと思った」

寝間着姿の凜太と珠希が口々に言い、わんわん泣きながらベッドによじ登ってきて、そこでようやく、政隆から事の次第を聞いたのである。

あの時、政隆も龍郎を突き飛ばした悪童たちに気を取られていたらしい。政隆の方へ走ってくる少年たちを目で追い、再び龍郎たちに視線を戻した時、珠希と凜太が男たちに連れ去られようとしているのを見つけた。

政隆も急いで後を追いかけたという。龍郎が必死で車にしがみつき、政隆も車を追いかけた。子供が中で泣いているのを見かけた通行人も事態に気づいたらしい。

人力車の車夫たちが、車を通せんぼしてくれた。誘拐犯の男たちは、誰かが呼んだ警官にその場で逮捕された。

最初に政隆に話しかけた鳥打帽の男は、いつの間にか姿を消していた。

「あの男も、それからお前を突き飛ばした少年たちもおそらく、今回の事件と関係があるだろう。今は警察が捜査中だ」

詳しいことはまだ、わかっていない。しかし警察の話では、男たちはどうやら身代金が目的で誘拐をしたらしい。

セーラー服を着た珠希と凜太は、良家のお坊ちゃんといった装いだった。

しかし、鳥打帽の男も少年たちも共犯だというなら、今回の事件は周到に準備されたものではないか。

龍郎はそれまで、珠希や凜太が身代金の対象になるとは想像もしていなかったから、大きな衝撃を受けた。

「お前があそこまで身体を張って応戦してくれなかったら、誘拐されていただろう。子供たちを守ってくれて、ありがとう」

政隆が頭を下げるから、龍郎は慌ててかぶりを振った。

「いいえ。凜太は俺の弟ですし、珠希様だって……僭越ですが、俺にとっては凜太と同じくらい大切なんです」

龍郎が言うと、政隆は微笑んでうなずいた。

「俺にとっても同じだ。珠希も凜太も身内だと思っている。どちらも大切だ。……それからお前も」

相手の眼差しに甘やかな色を感じ、龍郎はどきりとした。切ない感情がこみ上げ、政隆を見つめ返す。

だがやはり、二人の間にある繊細な空気は、子供たちによってたちまち壊されてしまった。

「ぼくも、だいじ。たつろーも、おじさまも。りんたと同じくらい、大すき」

伯父の言葉に珠希が触発されたのか、そう宣言をして、手を握ったままだった龍郎と政隆に小さな手を重ねた。凜太がそれを見て、「りんたも！」と、飛びついてくる。

「りんたも、たまさまがだいだい大好き。……あと、にいちゃんとだんなさまも」

後半は取って付けたような気がしなくもない。龍郎は、政隆と顔を見合わせて笑った。

笑うと顔が痛い。でもとにかく、みんな無事だった。

当分安静と言われ、それから熱と顔の腫れが引くまで三日ほど、ゆっくり養生をさせてもらった。

その間、子守りは女中たちに交替でお願いしたが、珠希も凜太もほとんど龍郎に張り付いていたので、さほど面倒はかけなかったようだ。

政隆は仕事と誘拐事件のことで忙しかった。警察が捜査のために屋敷にも来て、龍郎と子供たちも事情を聞かれた。佐枝もそうした警察の対応もあり、忙しかった。

伯爵家の誘拐未遂事件ということで、新聞記者などへの対処もあったらしい。

しかし、龍郎が捜査の進捗《しんちょく》を聞かされることはなく、まだ傷は癒えきっていないものの、子供たちと普段通りに過ごしていた。

あんなことがあったので、子供たちの心に影響があるのではないかと思ったが、案じていたほどではなかったようだ。

元気いっぱいで庭を駆けまわる一方、怪我人の龍郎を労わってくれる場面もあって、子供たちの優しさに感じ入ることもあった。

事件から一週間後、政隆が夜遅く帰ってきて、書斎に呼ばれた。その場には佐枝もいた。

「先日の誘拐未遂の件で、叔父とその長男が逮捕された」

龍郎にとって予想もしない結末で、言葉を失った。

しかし、政隆は事件当時から疑っていたようだ。佐枝も同様だったらしい。

警察も繁盛の周辺を捜査していたそうで、証拠が出たとして今朝早くに逮捕され、二人とも自供した。

繁盛の事業は、数年前まで順調だった。しかし、長男が知人に騙されて架空の投資をしたおかげで、またもや負債を抱える羽目になってしまう。

しかも長男はその失敗を父に報告できず、よくない金貸しから金を借りて穴埋めを試みていたようだ。

利息が膨らんで返せなくなり、借金取りが押し掛け、繁盛の知るところとなった。

それまで盛り返していたとはいえ、懐《ふところ》が豊かなわけではない。銀行からも融資を受け、繁盛の屋敷も担保に入っている。

甥の政隆からは、もう尻拭いはできないと釘《くぎ》を刺されていた。ここで借金取りが来た話などしたら、また事業を売り渡せと言われるかもしれない。

繁盛が珠希の様子を見にこの屋敷を訪れた時、すでに繁盛親子はのっぴきならない状態まで追い詰められていたらしい。

繁盛はあの日、珠希の今後について政隆がどうする腹積もりなのか、それとなく探ろうとしていた。

もし政隆が珠希に対してそこまで情を覚えていなければ、自分の孫を養子にする話をして、できれば政隆から融資を引っ張りたかったのだという。

ところが実際に訪ねてみると、政隆は珠希を我が子のように可愛がっていた。口に出したわけではないが、養子にすることも考えているかもしれない。

繁盛は焦った。もう正攻法では政隆は頼れない。

「それで、珠希様の誘拐を企《くわだ》てたというわけですか」

龍郎は半ば呆れ、半ば怒りがこみ上げた。どうしてそんな方向に考えが行くのか、さっぱりわからない。

「誘拐の話は、借金取りから持ち掛けられたと言っている」

政隆も、どういう顔をしていいのかわからないようだった。

借金取りはやくざ者と繋がっていて、車で子供たちを攫《さら》おうとした男たちも、そうしたやくざたちだったらしい。

鳥打帽の男は、政隆の仕事相手の下働きだったが、繁盛の長男と同じ金貸しから借金があったということで、政隆をおびき寄せる役を担わされたようだ。

悪童たちは地元の不良たちで、これはやくざ者から小遣いを渡され、龍郎から子供たちを引き離し、騒いで人目を引き付ける役目だったらしい。

政隆に身代金を要求し、それで得た金を借金の返済にあてる計画だった。もっとも、やくざ者たちは借金の額以上の身代金を要求するつもりだったらしい。

しかも犯人たちは、金を受け取っても子供たちを返す予定はなかった。珠希がいなくなれば、政隆が養子にする心配もなくなる。繁盛は災難につけこんで、自分の孫を本家の養子にする算段をしていたそうだ。

そこまで聞いて、龍郎は恐怖よりも、腹が立って仕方がなかった。では、あの場でもし誘拐が失敗していなかったら、珠希と凜太は殺されていたのだ。

怒って喚《わめ》きたいくらいだ。しかし、今回のことでまた傷ついているであろう政隆を思い、ぐっと感情を抑える。

「俺の身内の素行のせいで、お前の弟まで危険にさらしてしまった。すまなかった」

政隆が頭を下げて謝罪するので、龍郎は「やめてください」と、止めた。

「旦那様が謝られることじゃありません。そうと知っていたら犯人たちを、もっとひどい目に遭わせてやればよかった」

あの日、龍郎が夢中で目潰しをした犯人の一人は、失明は免れたものの、一方の目の視力がだいぶ落ちたという。髪もごっそり毟《むし》り取られて、禿《は》げあがっていたそうだ。

その話は聞いて悪いことをしたと思っていたが、そんな必要はなかった。あの場の全員、もっととっちめてやればよかったのに。

龍郎が悔しがると、政隆と佐枝は笑った。

「いずれにせよ、しばらく周りが騒がしくなるだろう。主な新聞社とは話を付けたが、何も書かせないわけにはいかない。口さがない連中がまた、あることないこと噂を流すだろう」

伯爵の叔父と従兄が、借金に困って子供の誘拐を企てた。その相手は本家の当主が預かる異母弟の忘れ形見で、そうした複雑なお家事情は、暇な人たちの関心を大いに引くに違いない。

「当分、お前と子供たちが外出する時は、護衛を付ける。今回の事件を模倣して、また誘拐犯が現れないとも限らないからな。できるだけ外出は控えてほしい」

「龍郎たちはもともと、ほとんど外出しませんでしたからね。先週のあれが、この家に来て初めての外出だったのではないでしょうか。ですから、さほど心配はないでしょう」

佐枝が横から言葉を添えてくれた。政隆もその事実を思い出したのか、難しい顔になる。

「そうか。そうだったな。せっかくの外出だったのに、ふいになってしまった。子供たちにも可哀そうなことをした」

確かに残念だった。でも子供たちは普段から、広大な春野家の庭でのびのび楽しそうに遊んでいるし、窮屈な生活をしているわけではない。

「騒ぎがすっかり収まったら、今度こそ子供たちを動物園に連れて行ってくださいませんか」

龍郎はそんなお願いをしてみた。初めてのお出かけは残念な結果になってしまったが、これからまだ、いくらでも機会がある。

「ああ。もちろんその時はお前も一緒だ。次はぜんざいを食べよう」

子供たちにぜんざいの話をしたら、また動物園はそっちのけになりそうだ。しかし、政隆が嬉しそうにするので、龍郎も気持ちが浮上した。

繁盛たちが今後どうなるのかを考えると、複雑な心境ではある。自業自得だが、それでも政隆の叔父と従兄なのだ。

政隆はまた、自分が彼らを救えなかったことに自責の念を感じるかもしれない。あなたのせいではない、やれることはやったはずだと周りが言って、本人もそれがわかっていても、感じずにはいられない性分なのだ。

それは政隆が、優しい人だからだ。もし彼が傷つくことを避けられないなら、できる限り元気づけてあげたいと龍郎は思った。

その後、政隆が言っていた通り、しばらく春野家の周りは騒がしかった。

龍郎が真相を聞かされてすぐ翌日には、繁盛親子の事件が新聞に取り上げられた。

政隆があらかじめ手を回していたから、初めは事実以外を書かれることはなかったが、人人の関心を摑むには十分だったようだ。

そのうち、大衆向けの新聞や雑誌などがこぞって事件を追い始め、あることないこと書き立てるようになった。

龍郎も他の使用人たちが買ってきた雑誌をいくつか見せてもらったが、今回の事件を話の端緒に、春野伯爵家について面白おかしく書いたものがほとんどだった。

政隆が援助をしなかったから分家が落ちぶれたのだとか、そもそも先代が繁盛が相続するはずだった財産を搾取して現在の富を得たのだとか、珠希の生い立ちをあげつらう記事もあった。

冷血伯爵という見出しは、何度目にしただろう。

それらを読むたび、龍郎も使用人たちも憤慨していたのだが、佐枝や光江は最初から意に介していなかった。

「裕福で身分があるというだけで、妬む人も多い。冷血伯爵なんて二つ名は、そういう妬みから生まれたんでしょうね。真実は関係ないのよ」

光江がサバサバとした口調で言っていた。それでも、政隆は気に病んでいるのではないかと心配していたが、これは佐枝が、「旦那様も慣れておいでですよ」と、おっとり言った。

政隆の力になりたいと思ったが、実際に龍郎ができることは何もなかった。それがとても歯がゆい。

周りの騒ぎにもかかわらず、子供たちが元気なのが幸いだった。

天治が約束通り、臨海学校でたくさん貝殻を拾ってきて、子供たちを喜ばせた。天治も話を聞いて、子供たちのことをずいぶん心配していたらしい。

そうしているうちに、夏が終わった。

秋、繁盛と息子の誘拐未遂の懲役刑が決まった。

誘拐の犯行に関わったやくざ者や鳥打帽の男も、残らず実刑を受けた。不良少年たちは、自分たちが誘拐に関わっているとは知らなかったので、注意だけで済んだらしい。

繁盛の事業は人手に渡った。犯行を知らなかった分家の家族たちは衆目の的となり、仕事を失う者もあった。

彼らがこの先も困らないようにと、政隆はこまやかに世話をしたらしい。

分家の醜聞がすっかり消えたわけではなかったが、秋になると少し落ち着いてきた。

そんな中、政隆は内輪にだけ、珠希を養子にすることを打ち明けた。

正式な発表は来年になるし、お披露目はもっと先になるかもしれない、とも言っていた。春野家の次期当主となったら、珠希はまたぞろ人々の注目を浴びることになる。政隆は、珠希にできる限り穏やかに健やかに、のびのびと過ごさせたいと考え、公表とお披露目の時期を見極めているのだった。

来年に養子の発表をして、再来年《さ》は珠希も満六歳だから、尋常小学校に通う年になる。そうなればもう、子守りなど不要だろう。龍郎の役目も終わる。

そもそも政隆が龍郎のような半端な子守りを雇い続けてくれたのは、珠希がさまざまな不遇を受けてきて、新しい本宅の生活に不安を抱いていたからだった。

今では珠希はもう、すっかりこの家の子だ。この年の子にしてはちょっといい子すぎる心配もあるけれど、佐枝や光江をはじめ、使用人たちはみんな優しく理知的だ。

政隆の愛情を受け、使用人たちの支えがあれば、きっと健やかに育つはずだ。

凜太もしっかりしてきたし、小学生になれば、龍郎も働きに出られる。

来年には新しく、仕事と住む家を探すことになるだろう。政隆か佐枝に相談したら、どこか紹介してくれるかもしれない。

（凜太が、素直に聞き分けてくれればいいけど）

珠希とごっこ遊びをしている凜太を眺めて、龍郎はそんなことを思う。

凜太は相変わらず、「たまさま大好き」だ。珠希と離れて暮らす、しかもこれからは滅多に会えないかも……などと言ったら、元気がなくなるどころではないかもしれない。

珠希も珠希で、凛太を大切にしている。カステラが出れば、黒くて甘いところをあげようとするし、金平糖が残り一つになったら、必ず凛太に食べさせたがる。

二人を引き離すのは、かなり骨が折れることだろう。

それでも、いつまでも政隆の恩情に甘えるわけにはいかない。彼が優しくて情の深い人だからこそ、龍郎が自分自身で線引きをしなければならないのだ。

本当を言えば、龍郎だってこの家を出たくない。珠希に会えなくなるのが悲しいし、居心地がいいというのもあるが、何より政隆と離れたくなかった。

いつまでも彼のそばにいたい。何も望まないから、ただ近くにいられるだけでいい。

でも、そんな自分勝手で私的な感情を、表に出してはならなかった。

龍郎がそばにいても、政隆のために何もできない。子守りや家のことはできるけれど、それだけだ。中卒で、一通りの勉強はできるものの、特別な知識があるわけでもない。

政隆に仕えるだけの力がない。それが悔しい。

（いや、今までが恵まれすぎてたんだ）

欲張ってはいけないと思う。でも、この家を離れることを考えれば考えるほど、政隆のそばにいられないもどかしさが募ってしまう。

そういう葛藤を抱えていたから、政隆の姿を見るのがこのところ少し、切なかった。以前は声を聞いただけでも気持ちが浮き立ったのに。

政隆に呼ばれたのは、龍郎がそんな悩みを抱えていた折、秋も半ばを過ぎた時分だった。

「龍郎。ちょっと付き合え」

夜、仕事から帰ってきた政隆に言われて、書斎へ行った。

彼のこの「ちょっと付き合え」も、久しぶりだ。夏の事件のせいで、政隆はずっと忙しかった。

書斎には、酒ではなくティーカップときんつばが用意されていた。いつものように、政隆と向かい合って応接椅子に座る。

龍郎は座るなり、カップの中身をまじまじと覗き込んでしまった。紅茶だと思っていたが、中には真っ黒な液体が入っている。

「珈琲《コーヒー》だ」

「こぉひぃ……これが」

話には聞いていた。見るのは初めてだ。

「きんつばによく合う」

政隆にかかれば、甘味なら何にでもよく合うんではないか。

「まあ飲んでみろ」

面白がるように勧めて、自分は大きな一口できんつばを半分食べ、カップに口を付けた。

テーブルには砂糖壺《つぼ》とミルク差しが置かれていた。珈琲は砂糖と牛乳を入れると龍郎は聞いたのだが、政隆はそのまま飲んでいる。

相手と自分の手元とを見比べて、龍郎は思い切って真っ黒い液体を飲んでみた。カップに口を付けた時の、香りは良かった。甘い物がほしくなる、温かな匂いだ。

「……ぐっ」

しかし、一口飲んで咽《むせ》そうになる。苦いと聞いていたが、本当に苦い。

どうにか飲み込み、口直しにきんつばを食べた。こちらは、あんこがしっとり甘くて美味しい。ほっと息をついた。

「ははっ。予想通りの反応をするな」

政隆がおかしそうに笑い出したから、龍郎はじろっと相手を睨んだ。

「ミルクと砂糖を入れるんですよね。俺だって知ってます。またからかって」

「いやいや、からかったわけじゃないぞ。このまま飲んでも美味いんだ」

笑いながらも、ミルクと砂糖を勧めてくれた。たっぷり入れると美味しい、というから、その通りにしてみる。

真っ黒な液体は褐色になり、たしかに甘くまろやかになった。

「美味しいです」

「それはよかった」

二人はしばらく、無言できんつばと珈琲を味わった。

「お前と凜太の、今後の話をしようと思っていたんだ」

やがて、政隆が切り出した。龍郎はうなずく。何となく、そんな予感がしていた。

政隆は理想的な雇い主だ。子守りがいらなくなっても、すぐに追い出したりしない。龍郎が相談すれば、親身になってくれる。

甘えてばかりで申し訳ない気持ちもあるけれど、今後の生活や凜太の将来を考えて、頼れるものは頼りたいと思っていた。

「珠希も凜太も、来年は六つ。満で五つか。再来年になれば小学生だから、子守りは来年までだと考えてる」

「はい」

「龍郎のことだから、当然それは考えているだろう。それで、お前と今後について相談しようと思っていた」

「俺も、図々《ずうずう》しい話ですが、旦那様にご相談したいと思っていました」

言うと、政隆はどこかホッとした顔をした。そうか、とうなずいて微笑む。優しく和んだ両眼《りょうめ》の奥に、真剣な色があった。

「お前はこれから、どうしたい」

真っすぐに問われて、戸惑う。父が亡くなってから、そんなふうに尋ねられることはなかった。自分に問いかけることもなかった。

何がしたいかではなく、何ができるかしか考えてこなかった。今も、どんな仕事ならできるだろうと悩んでいたのだ。

答えに迷う龍郎を、政隆は急かさなかった。言葉を探していると、さらに言葉を足した。

「いささか抽象的だったな。たとえば凜太のことだ。小学校、中学校と上の学校に行かせてやりたいと思わないか」

「はい。凜太が望むなら、学問を続けさせたいと思います」

できれば高等学校、大学にも行かせてやりたい。自分が行きたくて行けなかったから、凜太には学を身につけさせたいと思う。

「お前はそのために、腰を落ち着けて長く働ける仕事をしたい。違うか」

「その通りです。住む場所と働ける場所があれば、多くは望みません」

兄弟二人で暮らせて、わずかでも、凜太の教育のための蓄えができれば。

「それならよかった。ちょうどお前に紹介したい仕事がある。佐枝も、お前ならと言っていたんだ」

「えっ、本当ですか。やりたいです。やらせてください」

龍郎は食いついた。どんな仕事かわからないが、政隆が紹介してくれて、佐枝が龍郎ならできると言ってくれている。間違いはないだろう。

「ぜひ！」

そこまで食いつくとは思わなかったのか、政隆は驚いていた。しかしすぐ、いたずらを企《たくら》むような、面白がる顔になる。

「即決していいのか？　まだ何をやるとも聞いていないのに」

「旦那様と佐枝さんのご紹介なら、間違いはありません」

きっぱり断言した。この二人は龍郎を騙したり、わざと辛い仕事に就かせたりしない。きっとこの話を龍郎にするまでに、いろいろと考えてくれたはずだ。

うぬぼれではなく、政隆はそういう人だ。佐枝が太鼓判を押してくれたのだから、いっそう間違いがない。

「そうか。だが、簡単な仕事ではない。修業も必要だ。佐枝が龍郎ならばと言ったのも、今から修業をすればという前提があってのことだ。いちおうは通いだが、半分は住み込みみたいなものだな。もちろん凜太も一緒に住めるし、学校もそこから通うことになるだろう」

「願ってもないことです」

政隆や珠希と離れるのは悲しいことだが、それでも政隆の紹介ならば、どこかで繋がっていられる。

修業というなら、きちんと勤めれば一生ものの仕事になるかもしれない。いや、政隆はたぶん、そのつもりでこの話を持ってきてくれたのだ。

「そうか。ならまず、お前には働きながら夜学に通ってもらう」

「夜学、ですか」

専門的な知識が必要らしい。わかりました、と、龍郎は神妙にうなずく。

「夜学の高等学校だ。この仕事は広く様々な知識が必要になる……と、佐枝が言っていた。できれば大学まで通わせたい。佐枝も大学を出ているしな」

「え……」

ここで、佐枝の学歴が出てくることの意味を考え、まさかと驚いた。政隆はにやりと笑う。

「そう。佐枝が自分の後継にお前を育てたいと言っていた」

「家令に、ということですか」

「嫌か？」

足を組み替えて、やはり面白そうに笑う。龍郎は頭がちぎれそうなほど激しく左右に振った。

「滅相もない。でも、俺が家令なんて務まるのかと……」

さっき、それは夢想だと考えたばかりだった。心の中を見透かされたような、信じられない気持ちだった。

「佐枝だって、最初からああだったわけじゃない。他家に長く仕えて、この家に来てからも研鑽《けんさん》していた。そういう努力ができないと、家令は務まらない」

龍郎は、そうした努力ができるというのだ。嬉しい。でも急にあまりにも大きな話を持ち掛けられたので、この喜びを素直に表していいものかどうか、迷っている。

「お前にとって重荷なら、他の仕事も考えてはあるがな。珠希が子守りのいらない年になった時、お前にどういう仕事を与えようか、前々から考えていたんだ」

「前々から……？」

そんなにも自分に心を砕いてくれていたなんて。龍郎が感激に目を潤《うる》ませると、政隆は困ったように眉尻を下げた。

「言っておくが、優しさからではないぞ。俺はそこまでお人よしじゃない。単純に、俺がお前をほしいと思ったからだ」

「ほし、い……」

呆然《ぼうぜん》とおうむ返しにする龍郎に、政隆は苦笑する。

「以前もお前に伝えたと思うがな。俺はお前が想像している以上に、お前を必要としている。だから子守りの時期が終わっても、手元に置いておきたい。できればこの先、一生」

なんだか求婚でもしているようだ。龍郎は、ぼんやりそんなことを考えていた。

「意味がわからない、といった顔だな」

こちらの反応が薄いので、政隆はうーん、と思案するように腕を組んだ。

「俺は女が苦手だ。玄人相手なら役に立たんわけでもないが、どうにも性愛の対象にならない。といって、男色というわけでもない。ないと思っていた。だが、男のお前を愛《いと》しいと思うのだから、たぶんそうなんだろう」

　言葉を選びつつ、しかしはっきりと伝えてから、政隆はにやりと笑った。

「……こんな言い方で、伝わるか？」

　それらの言葉は、数拍置いて龍郎の頭に伝わった。はっとして、驚き、まさかと狼狽する。

「えっと、あの、旦那様が……おっ、俺を？」

「そう、お前を。童顔で頼りなげな顔をして、それでいて度胸のある、おさげの男をだ」

「だから、もうおさげじゃありません」

　こんな時まで茶化さなくていいのに。思わず睨むと、政隆もいつものように快活に笑う。

「お前の反応が素直で、からかいたくなるんだ」

「どうせ子供っぽいですよ」

　愛しいと言われた。嬉しくて、足元がふわふわしている。手足がしびれて自分のものではないみたいで、風呂でのぼせたみたいに頭もぼうっとしていた。

「見かけはな。芯はしっかりしている。苦労をしているのに、素直で真っすぐで情が深い」

「そんなに褒めていただいても、何も出ません」

「俺は、お前を困らせているか」

　畳みかけられて、ゆるくかぶりを振った。

「困るだなんて。ただ、信じられなくて。急な話ですし……」

「お前にはちょくちょく、それらしい態度を見せていたんだが。伝わらなかったか」

龍郎がうなずくと、政隆はまた笑った。

「だって、まさか旦那様が俺みたいな者を……特別に思ってくださるなんて、考えないでしょう」

「俺みたいな、というのは、身分という話か？　恋をするのに身分は関係ないし、お前自身はいい男だ。俺はお前の真っすぐさに救われている。珠希のこともそうだ。お前がいてくれたから、珠希も懐いてくれた」

買いかぶりだし、珠希に関してはほとんど凜太の手柄だと思うが、政隆の口調と表情が真剣だったので、口を挟めなかった。

「叔父の事件は大事《おおごと》になったが、そうでなくてもこの世は理不尽《りふじん》で、嫌なことだらけだ。信頼している者もいるが、時に人が信じられなくなることもある。お前のその、大人になっても苦労をしても失われない、真っすぐさや善良さが、俺の心の鬱屈《うっくつ》を洗い流してくれる。好ましいと思ったし、お前を知るにつけて愛しいと思うようになった。ずっと、そばにいてほしいと」

龍郎は、まじまじと政隆を見つめた。本気で言っているのだ。いや、冗談でこんなことを言う人ではないとわかっている。でも想像もしていなかった。

「別に、お前に何かを強要する気はないから安心しろ。ただ近くにいてほしいだけだ。家令のことも、お前には何が一番向いているだろうと考えて、佐枝に相談したら、自分の後継がほしいと言ってきた。なるほどその通りだと思ってな」

「あ、ありがとうございます」

「気が乗らないなら、他の仕事も考えよう」

龍郎は急いでかぶりを振った。ここまで政隆がはっきりと言ってくれているのだ。自分だけいつまでも黙っているわけにはいかない。

「とてもありがたいです。俺も、いつまでもこちらで働かせていただけたらと願っておりました。佐枝さんのように、旦那様にお仕えできたらいいなと。でも、それはあまりに恐れ多いというか、身の程知らずな願いのような気がしたので」

「ならば、この話は進めていいな」

「ぜひ、よろしくお願いします。誠心誠意、務めさせていただきます」

覚悟を決め、龍郎は姿勢を正した。頭を一つ下げてから、相手を真っすぐ見据える。気合を入れすぎて、キッと睨むようになってしまった。

「俺も……俺だって、子守りが終わってもずっと、旦那様のおそばにいたいと思っていました。でも、何もできないくせに甘えるわけにはいかないでしょう。この気持ちだって、分不相応だと思いましたし。まさか旦那様が俺のことを思ってくださるなんて、想像もできませんでしたから！」

好きだと伝えるつもりが、やたらと力んでしまった。喧嘩腰になってしまったような気がしなくもない。

しかし何しろ、誰かに恋情を抱いたのも初めてなら、それを伝えるのもこれが最初だった。そう、いつからか龍郎は、政隆に特別な想いを抱いていた。そのことに気づいて、決して言葉にしてはならないと思っていた。

好き、と、心の中でつぶやくことさえ避けていた。

言葉にしてしまったら、気持ちはきっと今より大きくなる。隠しておけなくなってしまうから。

「それは、お前も俺と同じ気持ちだと捉えていいのか」

政隆は、龍郎ほど狼狽していなかった。少なくとも見かけは落ち着いていて、こちらの表情を窺《うかが》いながら尋ねてくる。

「そ、それは……人の心は見えないのでわかりません。でもあの、俺は旦那様に助けていただいて、恩義を感じています。ご恩に報いてお仕えしたいという気持ちもあります。でもそれとは別に、旦那様を見ていると心臓が速くなるというか。お姿をお見かけするだけで嬉しくなったり、切なくなったりします」

こんな気持ちが、政隆にもあるというのだろうか。訥々《とつとつ》と自分の想いを伝えると、政隆はふっと笑った。

「ああ。それなら俺と同じだ」

甘くて艶やかで、龍郎はどきりとしてしまう。政隆は立ち上がると、ゆっくりこちらに近づいた。

そっと、龍郎の頬を撫でる。政隆の手は温かく、心地よかった。こちらから頬を寄せると、政隆はまた微笑んで、龍郎を抱きしめた。

煙草と香水の混じった、政隆の匂いがする。こうして抱きしめられることを、何度夢見たことだろう。

夢がかなった。今本当に、自分は政隆の腕の中にいるのだ。

嬉しくて泣き出しそうで、龍郎は政隆の胸に顔を埋めた。

「この先も、俺のそばにいてくれ」

「――はい」

腕の中で、龍郎はしっかりうなずいた。これからもずっと、政隆のそばにいられる。

夢のようだった。


秋が終わり冬が来て、年が変わった。

春野家では、住み込みの使用人は暮れに休暇をもらえるのだが、龍郎と凜太は帰る家がないから、春野家で過ごした。

屋敷には半分ほど使用人が残っていて、正月は餅つきをしたり、ご馳走が振る舞われたりと豪勢だった。

他にも、政隆と子供たちと凧《たこ》揚げをしたり、羽根突き大会をして、こんなに楽しい正月は初めてだった。

来年、子供たちが小学校に上がったら、龍郎も子守りを卒業する。従僕として、佐枝の下で修業を始めるのだ。同時に、夜間学校に通うことにもなるから、いろいろ忙しくなる。

当初の政隆の案では、龍郎と凜太は子守り部屋の住み込みをやめて、佐枝の家から通うことになっていた。

佐枝の家は、春野家の目と鼻の先にある二階建ての一軒家で、小さな庭がある。多忙で独身の佐枝のかわりに、通いの女中が家の中を整えていた。

「龍郎や凜太には、御父上から受け継いだ大事な家名がありますから、無理に養子にとは言いませんが。あなた方を息子だと思って育てますよ」

佐枝がおっとりと、そんなふうに言ってくれて、本当に嬉しかった。彼の後継となるべく頑張ろうと、決意を新たにした。

ただ、佐枝の家に屋移りする話は、恐らくなくなるだろう。少なくとも、凜太は春野家に住み込みになる。

「りんたは、ぼくのごえいだって言ったのに」

来年から凜太の住む場所が変わると聞いて、珠希が政隆に抗議をしたのである。

確かに以前、凜太は珠希の護衛だと、政隆が口にしたことがあった。ほんの軽口のようなものだったのに、珠希は覚えていたのだ。

「ごえいって、ずっといっしょにいるんでしょ」

目に涙を溜《た》めた甥っ子から睨まれ、政隆は怯んだ。

「まあ、そうなんだが」

「おじさまの、うそつき……」

珠希にしくしく泣かれ、凜太もそれを見て今生の別れだと思ったのか、すっかり落ち込んでしまった。

そんな子供たちの様子を見て、政隆は二人を引き離すことを諦《あきら》めたようである。

「と言っても、住み込みが通いになるだけなんだがなあ」

ぼやいていたが、政隆は子供たちに甘い。

凜太は珠希の「小姓」になった。子守り部屋は来年から、小姓の控えの間となり、凜太が一人で使うことになる。

龍郎だけ佐枝の家で……と、思ったのだが、政隆が、

「弟が寂しがるだろう。お前も住み込みにしたらどうだ」

と、提案して、別に部屋をもらう予定だ。ありがたいことである。

そんなこんなで日々、変化はありつつも、穏やかで平和な毎日を送っている。

政隆との関係も、ゆっくり確実に進んでいる。

「龍郎。今夜は暇か。ちょっと付き合え」

それは、年が変わって二月のことだった。夜、いつものように政隆に誘われた。

気持ちを通じ合わせてから、ちょくちょくこのように呼ばれる。龍郎ははやる気持ちを抑えながら、「はい」と、神妙に応じた。

一日の仕事を済ませ、行水を終えて寝間着に着替えると、いそいそと書斎に向かう。

今日は酒の準備がしてあった。日によって、甘い物とお茶だったりする。

夜のひと時、龍郎と政隆は主従から恋人になって、二人の時間を過ごすのだ。

政隆とはまだ、身体を繋げたことはない。想いを告げられたあの日、男同士でも夫婦のように身体を重ねるやり方があるのだと聞いた。

龍郎は、男同士はおろか、男女のまぐわいすら、詳しく知らない。政隆にそう打ち明けたら、「ではゆっくり行こう」と、言われた。

「俺はお前の身も心もすべてほしいが、こういうことは無理をするべきじゃない。成り行きに任せよう」

優しい政隆の言葉に、龍郎はホッとしてありがたいような、申し訳ないような、少し残念なような気分だった。

以来、二人は本当にゆっくりと関係を進めている。

酒やお茶を飲みながら話をし、身を寄せ合い、接吻《せっぷん》や抱擁を交わす。おかげで最初は隣に座るのさえ緊張していた龍郎も、この頃はだいぶ政隆との触れ合いに慣れてきた。

徐々に恋人らしくなっているとは思う。……思うのだが。

「あ、あ……っ、旦那様っ」

長椅子に並んで座り、二人で楽しく酒を飲んでいたはずなのに、気づいたらせり上がる快楽を必死にこらえる羽目になっている。

「どうした、龍郎。ただ口を合わせているだけだぞ」

「う、うそだ……っ」

思わず言うと、楽しそうな笑いと共に、唇を奪われた。吸い付いてはまた離れる。

「嘘ではないだろう。いったいどうしたんだ？」

口調は心底、不思議そうに尋ねてくる。しかし、政隆の右手は今、龍郎のズボンの前をまさぐっていた。左手はカリカリと、胸の突起をいじっている。

政隆は、ゆっくり行こうと言っていた。その言葉通り、確かに距離を縮めるのは時間をかけたと思う。

龍郎がはじめのうち、そうとは気づかないほどじりじりと、ことは前へと進んでいた。

恋仲になってからしばらくは、こうして書斎で逢瀬をしても、せいぜい横並びに座り、休む前に軽く口を合わせる程度だった。

少し物足りないなと思ったこともある。自分から誘うのははしたないだろうかと、一人で考えていた。

その頃にはすでに、政隆が隣り合う龍郎に触れる回数は多くなっていた。さりげなく頬や肩を撫でたり、髪を梳《す》いたりする。以前はそんなに頻繁に触れなかったが、気づかぬうちに増えていた。

だから龍郎も、最初は政隆と肩が触れただけでびくっとしていたのに、自分から自然に身を寄せることができた。

政隆はそのことを言葉にして指摘することはなかったが、龍郎が近づくと嬉しそうにした。

初めて長く深く口づけされた時は、さすがにドキドキした。夜なかなか眠れず、思い出しては身体が熱くなったりした。

その後、逢瀬のたびに深く口づけされるようになり、一度のみならず、話をしている最中に脈略もなく接吻されることもあった。

「可愛い顔をしていたから」

なんて言われて甘く微笑まれ、陶然とした。そうしているうちに、身体を密着させるのは当たり前になり、政隆の手つきも不埒《ふらち》で淫靡《いんび》なものになっていった。ただ服の上から触るだけのものが、素肌に触れるようになり、ついに手淫《しゅいん》をほどこされたのは先日のことだ。

気持ちが良くて真っ白になった。だから今夜も、期待をしていなかったと言ったら嘘になる。いやむしろ、かなり期待していた。

（で、でも、これは……）

いつの間にかズボンの前が外され、政隆の手が潜り込んでいた。大きくて熱い手の平が、龍郎の性器をやわやわと扱く。

「ん、ぅっ」

同じ男同士で勝手がわかるからか、政隆の手淫は巧《たく》みだ。ほんの少しの刺激だけで、龍郎の鈴口からとろとろと先走りがこぼれてしまう。

快感を長引かせたくて射精を堪《こら》えていると、亀頭をいじっていた手が陰茎から根元に降り、さらに奥へともぐりこもうとした。

「だ、旦那様……っ」

長い指は会陰を通り越し、龍郎の尻の窄《すぼ》まりに届く。指先で窄まりを突かれ、背筋がぞくり震えた。

「あ……んっ」

「今夜は、いつも以上のことをしようか」

男らしい美貌が、蠱惑《こわく》的な笑みを浮かべて覗き込んでくる。不安より、好奇心と期待が先に立つ。龍郎は黙ってうなずいた。

政隆はにやりと笑い、龍郎の後ろに忍ばせた手を引き抜いた。簡単に龍郎の衣服を整えると、何を考えたのか、いきなり龍郎を両手で抱え上げる。

「うわっ」

「俺の寝室に行こう」

そのまま部屋を出ようとするので、龍郎は慌てた。

「だ、旦那様、自分で歩けます」

「騒ぐと、他の者に聞こえるぞ」

いたずらっぽく言われて、龍郎はぐっと口をつぐんだ。

政隆は龍郎を抱えたまま一階の寝室へ向かった。彼の私室に仕事ではなく入るのは、これが初めてだ。

暖炉にはずいぶん前から火が入っていたようで、部屋は暖かい。

政隆は龍郎を、自分のベッドに優しく下す。それからドキドキしている龍郎の頬を撫《な》でた。

「お前を最後まで抱きたい。だが、無理強いはしたくないんだ。お前は自分より人のことを優先しようとするから」

政隆の優しさと愛情が、痛いほど伝わってくる。龍郎は自分の頬を撫でる手に、自分の手を重ねた。

「自分を後回しにして、人のことばかり考えているのは、旦那様も同じでしょう？　抱いてください。旦那様がゆっくり大事に愛してくださったから、怖くないんです。それに、旦那様がしてくださることは、ぜんぶ気持ちよかったから」

頬を手から離し、政隆の手の平に唇を押し当てる。びくりと広い肩が震えた。政隆が苦笑する。

「そんなことをされたら、理性が飛んでしまうんだが」

政隆は言い、龍郎に小さく口づけすると、服を脱ぎ始めた。逞《たくま》しい上半身が露《あら》わになり、ドキドキしてしまう。

「あ、俺も」

脱がなければ。そう気づき、あたふたとシャツを脱ごうとすると、途中でやんわり止められた。

「俺の楽しみを奪うなよ」

冗談めかして、政隆は微笑む。ベッドに乗ると、龍郎のシャツを剥《は》ぎ、自分と龍郎のズボンを交互に取り払った。

合間に口づけをしたりして、政隆の所作には戸惑いがない。龍郎は、服を脱がされる間にどんな顔をすればいいのかもわからなかったので、政隆の余裕が羨《うらや》ましかった。

互いにすっかり衣服を取り払うと、政隆は龍郎を優しくベッドに横たえた。

「吸い付くような肌だな」

触れるだけの接吻を唇や首筋に落としながら、政隆はつぶやく。腰のあたりをやんわり撫でられると、くすぐったくて身体が震えてしまった。

そんな龍郎へ、政隆はまた口づけを落とす。

「しっとりとしていて、いつまでも触れていたくなる。ここも……」

「あ……」

ゆるりと性器を撫でられて、思わずため息が出た。

「ちゃんと大人の形をしているのに、初々しい色艶だな」

「もうっ、恥ずかしいから言わないでください」

顔が熱い。睨《にら》むと、政隆は楽しそうに喉の奥で笑う。身じろぎすると、彼の勃《た》ち上がりかけた性器が太ももに触れた。

見てはいけない気がして、あまり相手の裸を見ないようにしていたが、政隆のそれは、逞しい身体つきに見合って大きかった。

男同士は、菊座で繋がるのだと政隆に教わっている。理解はしていたが、こんなに大きな物が入るのかと、少し不安になる。

その不安は、いつの間にか表情に出ていたようだった。

政隆の艶めいた微笑みが、不意に慈愛に満ちたものになり、「怖いか？」と、優しく龍郎の頬を撫でた。

「お前の身体に障《さわ》らないよう、ゆっくりする。それでも怖かったり不安だったら、別のやり方にしよう」

その言葉を聞いた途端、龍郎の中の不安めいた気持ちは、不思議なくらいあっさりと消え去った。

政隆はこういう人だ。欲望のまま龍郎を抱くことだってできたし、なだめすかして行為に及ぶことも可能だった。

それがここまで時間をかけて、龍郎がごくごく自然に恋人として政隆に接し、自分から抱かれたいと思うまで手順を踏んで近づいてくれた。

それでもなお、龍郎が不安ならやめるという。一方で、政隆の身体は龍郎を明らかに欲していた。

熱く求められて、宝物みたいに大切にされているのが嬉しい。

龍郎は自分から身を起こし、覆いかぶさる政隆の口の端に小さく接吻した。相手は驚いたように、軽く目を瞠《みは》る。

「少し不安だったけど、もう不安じゃなくなりました。その……旦那様の物が、あまりに大きくて。でも、旦那様と最後までしたいです」

言うと、勇気をふるって男の一物に触れる。それは思っていた以上に熱くて、ドクドクと脈打っていた。龍郎が触れると、政隆は息を呑んだ。

続いて掠《かす》れた声で、小さく龍郎の名を呼ぶ。強く抱きしめられ、政隆がどれほど滾《たぎ》った欲望を抑えているのか、理解できた。

「優しくする」

少し上ずった声で言い、政隆はもう一度龍郎を抱きしめてから、名残惜しそうに身を剝がした。

それから、ベッド横の小テーブルに手を伸ばす。緊張していて気づかなかったが、そこには水差しと一緒に、小さな陶器の瓶が置かれていた。

政隆はその小瓶を取り、中身を手の平にこぼした。透明のとろりとした液体は、油のようだ。ふんわりと、薬草のような匂いが香る。

「丁子油《ちょうじゆ》だ」

龍郎の視線を受けて、政隆が教えてくれた。

「刀の手入れに使う、あの丁子油ですか」

「ああ。男娼などは振海苔《ふのり》を使うらしいが」

その言葉に、達郎は丁子油の用途を理解した。

「お詳しいのですね」

政隆は以前にも、誰かに使ったことがあるのだろうか。胸がちくりとしたが、政隆は小さく笑った。なぜかちょっと嬉しそうだった。

「男色の友人に相談したら、教えてくれたんだ。男を抱いたことはない。以前、もしや男色なのかと思って色街のその手の店にも行ってみたが、どうも違った。男にも女にも興味が持てない。やはり俺は巷《ちまた》の噂通り、冷血なのかと思っていた。お前と出会う前は」

熱を帯《お》びた眼差しに見つめられ、龍郎は嫉妬に駆られた自分を恥じた。目を伏せると、政隆が面白そうにその顔を覗き込む。

「お前と出会って、初めて誰かを抱きたいと思った」

再び視線を上げると、真剣な瞳にかち合った。好きだ、と、相手の唇が動く。

「俺も、誰かを好きになったのは初めてです。あの、だから……」

龍郎は、おずおずと自ら足を開いた。

「あの、続きを……」

「お前は時々、ものすごく大胆になるな」

驚き半分、冗談半分といった声音だ。

「お嫌ですか」

「いいや、嬉しい」

政隆はきっぱり答え、晴れやかに笑った。油を垂らした指先を、龍郎の足の間に差し込む。窄まりにぬるりとした指先が入ってきて、龍郎は思わず身を固くしてしまった。

「痛いか？」

問いかけに、ふるりとかぶりを振る。指はさらに奥へと入った。指の根元まで押し入れてから、何度か出し入れされる。政隆がじっとこちらを見つめているのと、ぬちぬちといやらしい音がして、いたたまれなかった。

政隆はそれから油を足して、丁寧に後ろをほぐした。いささか丁寧すぎるほどだ。

「あ、あの、もう……」

入れてほしい。言葉には出せず、目で懇願した。何度も後ろを弄《いじ》られて恥ずかしいはずなのに、龍郎の性器は勃ち上がっていた。

そして政隆も、表情は余裕のある素振りだったが、赤黒い男根は腹に付くほど反り返っている。鈴口がパクパクと開いて先走りをこぼしており、それを見た龍郎は身体の奥が疼《うず》くのを感じた。

龍郎の懇願を受けて、政隆は後孔《こうこう》から指を引き抜いた。龍郎の膝の裏を抱える。

「辛かったら言ってくれ。無理をせずに」

「は、はい」

猛《たけ》った男根を押し当てながら、それでも政隆は事を急がなかった。正面から龍郎を見つめ、ゆっくりと身を沈める。

「ん……」

先端を飲み込んだ時、龍郎は圧迫感を覚えて小さな吐息を漏らした。政隆はそんな龍郎の額や唇に、あやすように口づけをする。柔らかな唇の感触にうっとりして、気づけば根元まで政隆を受け入れていた。

「入った」

政隆も、ホッとした様子だった。それを見た龍郎は、思わず微笑む。同時に愛おしさが溢《あふ》れた。

龍郎が相手の肩に手を回すと、政隆も微笑んで口づけた。緩やかに腰を打ち付けるのを、龍郎も進んで迎え入れる。

「あ……っ、んっ」

何度か注挿《ちゅうそう》を繰り返した時、陰嚢の裏の一点を突かれて、甘い声が漏れた。

「ここが良かったか?」

政隆は目を細め、いささか意地悪く言って、その一点を執拗に突き始める。突かれるたびに、射精をする時のような快感が身体を駆け抜ける。

「あ、あっ、あっ」

気づけば嬌声《きょうせい》を繰り返し、自ら腰を振っていた。

「だ、旦那様っ」

信じられないくらい気持ちがいい。自分の身体がどうなってしまうのかわからなくて、龍郎は政隆に縋《すが》った。

政隆は追い上げるように腰を穿《うが》ちながらも、龍郎を抱きしめてくれる。

「……ああ、甘いな。お前の身体は……」

耳朶《じだ》に息がかかる。ゾクゾクして、いっそう政隆に縋った。政隆もまた、龍郎をきつく抱擁する。

「ん、く……」

快感をずっと味わいたくて堪えていたけれど、堪え切れなかった。政隆の首に縋りながら、龍郎はぶるりと震えて吐精した。

「……っ」

その刺激が伝わったのか、政隆もきつく眉根を寄せる。低く呻《うめ》いたかと思うと、引いていた腰をぐっと強く打ち付けた。

龍郎の奥でびくびくと男根が震える。二人はしばらく、抱き合ったままじっとしていた。

やがて政隆が顔を上げる。微笑んで、小さく龍郎の名を呼んだ。汗ばんだ龍郎の頰を、さらりと撫でる。

それ以上、政隆は何も言わなかったけれど、お互いに言葉は必要なかった。身体を重ねた

まま、互いに見つめ合い、触れ合って、口づけを交わす。

やがて自然な眠りに就くまで、睦《むつ》み合った。


翌日、外には粉雪が舞っていた。

雲の合間から太陽が顔を出しているものの、雪は止みそうで止まない。

「雪、つもらないね」

「うん。ちょびっとしかふらない」

珠希と凜太は子供部屋の窓にへばりつき、地面に降りた先から溶けていく雪を真剣に見つめている。

子供たちは不満そうだが、龍郎はホッとしていた。積もったら絶対、子供たちは雪遊びをしたがる。今日は子供たちの元気にとてもついて行けそうになかった。

昨晩、普段はしないような身体の動かし方をしたので、全身がぎくしゃくしているのだ。

政隆を受け入れた部分にはまだ、彼の感触が残っている気がする。

それが気恥ずかしくて、でもちょっと嬉しい。政隆の恋人になった時も信じられないくらい幸せだったけれど、今朝は生まれ変わったように晴れやかな気持ちだった。

ただ、心とは裏腹に身体は重くてだるい。

「なんだ。まだ雪を見てるのか」

昨日の夜のことを思い出し、一人でにやついていたら、廊下から政隆がひょいと顔を覗かせたので慌てて表情を取り繕った。

「ぜんぜん、つもらないの」

珠希が伯父に訴える。政隆は「どれどれ」と、窓辺に近づいた。

「本当だ。積もってないな」

「そうでしょ」

「しろくならないの」

子供たちがぶつくさ言う後ろで、政隆はさりげなく龍郎の隣に並び、手にしていた襟巻を龍郎に差し出した。

「龍郎。今日は寒いからこれを首に巻いておけ」

「えっ？　あ、はい。ありがとうございます」

礼を言ったものの、龍郎は戸惑った。子供部屋は暖炉の火が赤々として温かい。それに子供ではなく、なぜ大人の龍郎にだけ渡すのだろう。

首を傾げていたら、政隆がそっと耳に顔を寄せた。

「首にうっ血の痕がある。たまに襟から見えるんだ」

ここ、と、政隆は自分の首の横を指さす。龍郎は真っ赤になった。

「すまん。痕を付けたつもりはなかったが、あの時は夢中だったからな」

そう言って、首の横を押さえる龍郎に襟巻を巻いてくれた。柔らかくて暖かい。

「あっ、ありがとうございます」

「なんの。昨日はいい思いをさせてもらったからな」

龍郎はますます顔が赤くなるのを感じた。政隆はそれを、ニヤニヤ笑いながら眺めている。

こちらが焦るのを見て、喜んでいるのだ。

赤面しながら強く相手を睨むと、政隆はますます嬉しそうな顔をした。子供の目を盗んで、龍郎に口づけする。

「だ、旦那様！」

「そのうち、祝言をあげような」

子供に見られたらどうするのだ。目を吊り上げる龍郎に政隆は言って、満面の笑みを浮かべる。屈託《くったく》のない、晴れやかで幸せそうな笑顔だった。

あとがき

こんにちは、初めまして。小中大豆と申します。

本作はなんちゃって大正風、大正時代っぽい世界でのお話になりました。

強面だけど意外と苦労人で優しい攻と、わりと大胆で思いきったことをする受、それにちびっこ二人が奮闘します。

実在の大正時代のお話にしようか、ぼかした世界にしようか迷いまして、担当様からはどちらでも大丈夫ですよと言っていただいたのですが、後者になりました。

大正浪漫というと、ハイカラでロマンチックな感じで憧れるのですが、現実だとどうしても震災や戦争など、大変な出来事を避けて通れないんですよね。

ちびたちがちょうど大きくなった頃にまた戦争が起こるので、二人とも動員を免れないかも、などと考えて悲しくなってしまい、災害も戦争も起こらない、ひたすら穏やかな世界になりました。

それでも苦労はありますが、最後はみんな幸せになります。

イラストは六芦かえで先生にご担当いただきました。

カッコよくて強面の攻と、女装が似合う受を凛と描いていただきました。ちびっこたちも可愛い！

こちらの都合で先生にご苦労をおかけしました。本当にありがとうございました。

担当様もいつも申し訳ないです。反省の言葉も尽きてきました……。

そして最後になりましたが、ここまでお付き合いくださいました読者様、ありがとうございました。

政隆が食べる甘味のように、これを読んでちょっとした息抜きになれば幸いです。

それではまた、どこかでお会いできますように。

小中大豆

✦初出　旦那様と甘やか子守り浪漫譚……………書き下ろし

小中大豆先生、六芦かえで先生へのお便り、本作品に関するご意見、ご感想などは
〒151-0051 東京都渋谷区千駄ヶ谷 4-9-7
幻冬舎コミックス　ルチル文庫「旦那様と甘やか子守り浪漫譚」係まで。

幻冬舎ルチル文庫

旦那様と甘やか子守り浪漫譚

2022年2月20日　　第1刷発行

✦著者	小中大豆　こなか だいず
✦発行人	石原正康
✦発行元	株式会社 幻冬舎コミックス 〒151-0051 東京都渋谷区千駄ヶ谷 4-9-7 電話 03(5411)6431［編集］
✦発売元	株式会社 幻冬舎 〒151-0051 東京都渋谷区千駄ヶ谷 4-9-7 電話 03(5411)6222［営業］ 振替 00120-8-767643
✦印刷・製本所	中央精版印刷株式会社

✦検印廃止

ISBN978-4-344-85004-0　C0193　Printed in Japan

幻冬舎コミックスホームページ　https://www.gentosha-comics.net